振り返った先に立っていたのは、一人の美しい女性。
そして女は、容姿と同じ流麗な声で、
明媚な微笑を浮かべたまま、
どこまでも嬉しそうに囁くのだった。
「――さあ、わしを殺しておくれ」
フェリス
世界最強の魔王。数千の世界を滅ぼした後、女神たちによって何もない荒野の世界に隔離された。自分を殺してもらうために恭弥を召喚し、最強の勇者として鍛え上げる。

ララ
女神族の子供であり、赤弥たちの班の担当女神。女神的能力はほぼ皆無で見た目も中身も普通の幼女と変わらない。なにかと背伸びをしたい年頃なので難しい言葉を使いたがるが意味はあんまり理解していない。
フェリス(猫)
元世界最強の魔王が赤弥に敗北したことで力のほとんどを失った姿。頑張れば昔の姿にもなれるが普段は魔力を節約するために黒猫の姿でいる。

九条 恭弥
異世界召喚された少年。元々はごく普通の学生だが召喚された何もない荒野の世界で三万年間フェリスに修業をつけられ、最強の力を手に入れた。フェリスが平和に暮らせればそれでいいと思っている。
伊万里 小毬
正義感が人一倍強く困っている人は放っておけない性格の元気な女の子。だが、諸々の能力が低いのでから回ることが多い。固有異能《求道者の天涙》を持っているが――

「それよりも……ほ～れ、こっちの肉ならどうじゃ？
肉球よりもずっとやわいぞ？　良い匂いもするぞ？
ほれほれ～、触りたくなったじゃろう？」
と囁きながら、フェリスは肉感的な己の肢体に手を滑らせる。
柔らかな太ももから、きゅっとくびれたウエストへ、すぼまった臍を通った後には、
その大きな双丘をこれ見よがしに揉みしだく。

最凶の魔王に鍛えられた勇者、異世界帰還者たちの学園で無双する 1

紺野千昭

HJ文庫
966

CONTENTS

口絵・本文イラスト◉fame

序章　終わった世界

気づいた時、俺《おれ》——九条恭弥《くじようきようや》はその場所にいた。

寂寞《せきばく》と広がる荒野《こうや》。

幽鬼《ゆうき》の如く佇《たたず》む廃墟《はいきよ》。

どこまでも続く荒廃《こうはい》した死の世界。

そこが一体どこなのか、俺にはさっぱりわからない。だが一つ確かなのは、ここが地球とは異なる場所であるということ。

となると考えられるのは……巷《ちまた》で話題の異世界転移というやつだろうか。

にしても、よりにもよって何もない世界に来てしまうとはな。

俺は改めて辺りを見回す。周囲に広がっているのは、生き物の気配が絶えた焦土《しようど》だけ。俺を歓迎《かんげい》する民衆どころか、猫《ねこ》の子一匹《びき》見えやしない。むしろいきなり魔物《まもの》に襲《おそ》われるぐらいの方がまだ華《はな》やかだったろう。

俺には何となくわかる。——ここはもう終わった世界なのだ。

手持無沙汰《てもちぶさた》になった俺は、どっこいしょと座《すわ》り込む。どうせどこへ行ってもこの荒野が続いているのだろう。なら歩くだけ無駄《むだ》というもの。もしかしたら何かのスキルで『無から新世界を創《つく》る』のが俺の役目なのかも知れない。が、生憎《あいにく》と俺にはそんな創造的な才覚などない。何の目標も、何の夢もなく、ただ大人に言われるがまま日々を浪費《ろうひ》してきたのだ。急に神様の真似事《まねごと》などできるものか。

そう考えると、この空っぽの世界はある意味で俺には似つかわしいのかも知れないな。

――なんて思っていたその時、終わったはずの世界が音を立てて動き始めた。

「――ようこそ、勇者よ。そなたをずっと待っていたぞ」

振《ふ》り返った先に立っていたのは、一人の美しい女性。

夜空の如く煌《きら》めく漆黒《しっこく》の髪《かみ》、彫刻《ちょうこく》と紛《まが》うほどに整った目鼻立ち、一分の欠点も見当たらぬ完璧《かんぺき》な肢体《したい》に、吸い込まれそうなほど深い紅の瞳《ひとみ》――色褪《いろあ》せたこの地において、女はただひたすらに美しかった。まるで、かつてこの世界にあったであろう命の輝《かがや》きすべてを吸い尽《つ》くしたような……そうでなければ有り得ないほどの美貌《びぼう》だ。

そして女は、容姿と同じ流麗《りゅうれい》な声で、明媚《めいび》な微笑《びしょう》を浮《う》かべたまま、どこまでも嬉《うれ》しそうに囁《ささや》くのだった。

「――さあ、わしを殺しておくれ――」

第一章　帰還者たちの学び舎

——三年後——

荘厳《そうごん》な校門、真新しい玄関《げんかん》、高級ホテルさながらの寮《りょう》に、ぴっかぴかの校舎——俺は今、巨大《きょだい》な学園の前に立っている。校門脇《わき》に埋《う》め込まれたプレートには『国立ユグラシア学園』の文字が。ちなみに、俺の周りにも同じように集まった新入生の姿がちらほらと。

そんな同級生（仮）を横目で見ながら、俺は反射的に身なりを整えた。

「……へ、変じゃないよな、俺……？」

と、その時、肩《かた》にかけたバッグの中から声がした。

「くっくっく……いよるいよる、ひよっこ勇者どもめが！」

チャックの隙間《すきま》から顔を出したのは、美しい毛並みをした一匹の黒猫《くろねこ》。俺は大慌《おおあわ》てでその頭を引っ込める。

「おいフェリス、顔出すなって言ってるだろ！」

「なんじゃ、ケチケチするでない！　この中は鞄《》退屈《たいくつ》なのじゃ！」

「いいから引っ込んでろ！　俺が変な奴《やつ》に見えるだろ！」

アニメのヒロインじゃあるまいし、入学早々ネコ連れで登校だなんて変人扱《あつか》いされてしまう。

「まったく、びくびくと人目ばかり気にしおって。さてはおぬし〝こみゅしょう〟というやつか？」

「し、仕方ないだろ……お前以外と会うの何年振《ぶ》りだと思ってんだよ」

「大げさな、たかが三年じゃろ？」

とからかうように言われて、俺はむっと首を振った。

「そりゃ現実時間ではの話だろ」

まあこいつにとっては大差ないのかも知れないが、俺のような一般人《いっぱんじん》にとっちゃそうじゃない。何より、ここは場所が場所だ。俺はともかくとして、コイツ《フェリス》の存在がバレるのはかなりヤバイ。そういう意味でも緊張《きんちょう》するのは致《いた》し方《かた》なかろう。

「とにかく、俺たちは目立っちゃいけないんだ。お前もおとなしくしてろ。いいな？」

「わし、猫だからわからにゃいのぅ」

「こ、こういう時だけ猫のフリしやがって……！」

と、脱走《だっそう》しようとするフェリスと格闘《かくとう》していたその時、『平穏《へいおん》に過ごす』という俺の目標は早くも崩《くず》れ去ることになった。

「――わー、ネコちゃんだー！」

背後から響《ひび》くばかでかい声。振り返って見れば、一直線にこっちへ駆《か》けて来る少女の姿が。

まずい、速攻《そっこう》でバレた。

「あ、えっと、これはですね……」

「かわいい～！　よーしよしよしよしよし！」

言い訳を考える俺を尻目《しりめ》に、大興奮でフェリスを撫《な》でまくる少女。彼女《かのじょ》が騒《さわ》いでいるせいで周りの視線がとても痛い。どうにか気をそらさねば。

「あ、えーっと……き、君も帰還者かな……？」

……ああ、我ながらなんと中身のない第一声だろうか。ここ《学園》にいる同年代などそうに決まっているのに。

だがそんな無意味な問いかけにも、少女は元気一杯《いっぱい》で答えてくれた。

「はい！　私、伊万里《いまり》小毬《こまり》って言います！　新入生です！」

小毬というらしいその少女は、名前と同じよく弾《はず》む声で笑う。長らくフェリス以外の生物と喋《しゃべ》っていなかった俺にとって、その屈託《くったく》のない笑顔《えがお》がなんとも眩《まぶ》しい。

それから、小毬はなぜかドヤ顔で言った。

「ほら、招待状もちゃんと持ってますよ！」

そう言って頼《たの》んでもないのに招待状を見せる小毬。……いや、正確には〝見せようとした〟だろうか。懐《ふところ》をまさぐった小毬は、「あれれ？」とか呟《つぶや》きながら慌《あわ》てて体中を探し始めたのだ。どうやらどこにしまったか忘れてしまったらしい。そうしてポケットというポケットをひっくり返した後、背負っていたリュックから取り出されたのは一通の封書《ふうしょ》。そこには大樹をあしらった校章が刻まれている。

俺に届いたのと同じ、この『ユグラシア学園』からの招待状である。……もっとも、実質的には強制的な『召喚状《しょうかんじょう》』と呼ぶべきだろう。なにせ、俺たちには拒否権《きょひけん》などなかったのだから。

と、そうこうしているうちに学園の方からチャイムが聞こえてきた。

「あっ、始業式始まっちゃう！　さあ行きましょう！」

かくして脱兎《だっと》のごとく駆け出す小毬。なんともせわしない子だ。

「くっくっく……面白《おもしろ》い娘《むすめ》っ子《こ》じゃのう。おなごの手で撫でられるのは良いものじゃ」

などとご機嫌《きげん》に笑うフェリスだが、こっちとしては気が気じゃない。

「笑ってる場合かよ。……いいか、とにかく油断するなよ。ここでお前の正体がバレたら終わりなんだからな」

そう、さっきの小毬という子も、周りを歩く新入生たちも、一見すれば普通《ふつう》の子のように見える。だけど、ここに本当の意味で〝普通の子〟なんているはずがない。

なにせこのユグラシア学園にいるのは、全員俺と同じ――異世界召喚から帰還《きかん》した元勇者たちなのだから。

※※※※

「――えー、そもそも本学はですね、女神《めがみ》様各位《かくい》と日本国政府の共同の下《もと》に発足《ほっそく》した教育機関でありまして、これは人間と女神のいわばまさに懸《か》け橋《はし》であり――」

広い体育館に木霊《こだま》する退屈なスピーチ。『ユグラシア学園　第十三期生　入学式』との垂れ幕が掛《か》けられたステージ上では今、新入生への祝辞が述べられているところだ。

と、まあこの光景だけ見れば普通の学校と変わらぬ平凡《へいぼん》な入学式に見えるだろう。……ただし、壇上《だんじょう》に立つのが冴《さ》えない校長先生ではなく、日本の現首相である点を除けば。

（おい見ろよフェリス、あれ総理大臣だぜ！　おっ、あっちに座ってる何とか大臣も見たことあるぞ！　さすが勇者学園……メンツが違《ちが》うな……！）

演説中の総理をはじめ、参列者席に居並ぶのはいずれもテレビで見知った政府関係者ばかり。よくわからんがとにかくすごくて偉《えら》い人たちだ。何《なに》を隠《かく》そうこの俺、有名人を生で見るのは初めて。テンションも上がるというもの。だが……

（これ、みっともなくはしゃぐでないわ。周りを見てみよ）

とフェリスに念話で叱咤《しった》され、俺は周囲の同級生たちに目を遣《や》る。退屈そうに大あくびを浮かべる者、スマホゲーに夢中になっている者、隣《となり》とぺちゃくちゃ喋っている者――誰《だれ》一人《ひとり》として総理に注意を払《はら》う者などいない。まるで眼中になしといった態度だ。

おいおい、すごい余裕《よゆう》だな。……なんて感心していたら鼻で笑われてしまった。

（ふん、そりゃ場慣れの一つもしておろう。奴らは勇者じゃぞ？　一国の王を跪《ひざまず》かせていたような者たちじゃ。あんなオーラのない連中など路傍《ろぼう》の石ということよ。くっくっく、小童《こわっぱ》のくせに生意気よのお）

なるほど、なんだか急に周りが大人に見えてきた。

とにもかくにも、誰《だれ》も聞いていない祝辞は続く。

「――つまりは異文化交流という側面からも大変重要な施設《しせつ》でありまして、えー、国際世論などからは未成年児童の徴用《ちょうよう》であるとか、過剰《かじょう》戦力の独占《どくせん》であるなどといった批判の声もありますが、えー、このご指摘《してき》は、あたらないと。はい、まあこのような認識《にんしき》でありまして――」

と、祝辞のはずの演説はオーディエンス不在のまま明後日の方向へ。一体いつ終わるのだろうか。姿勢を正しておくのも限界がある。

なんて思っていた時だった。

「――あー、すんません総理さん、実はちょこっと時間が押《お》してるんですわ。そろそろ巻きでお願いしてもええですかね？……てか、だーれも聞いてへんし、ええでしょ？」

「なっ……」

ステージ脇から突然《とつぜん》割り込む女子生徒。俺たちと制服の色が違う。恐《おそ》らくは上級生だろう。……が、だからって総理相手にこんな無礼が許されるはずはない。「なんだね君ぃ！警備員、つまみ出せ！」的な展開になるはず……かと思いきや。

「……そ、そうだね、では、私からの訓示はこれで……」

「おおきになー総理さん」

言われるがまま、総理はすごすごと降壇《こうだん》してしまう。そして代わりに壇上に立った女子生徒は、総理よりも堂々とマイクを握《にぎ》った。

「あーあー、どうもみなさん、自分は水穂《みなほ》葛葉《くずは》っちゅうもんです。一応ここの執行役員《しっこう》やらせてもらってます。今後とも諸々《もろもろ》よろしゅう。ってことで、こっからはウチが学園《学園》の説明していきますね～」

とありきたりな挨拶《あいさつ》をした葛葉は、しかし、すぐに面倒《めんどう》くさそうに溜《た》め息《いき》をついた。

「つっても……まああれよな。長々しゃべくってもだーれも興味あらへんわな。っていうか、政府のお偉いさんがぎょうさん来てはる時点で、この学園の存在意義なんてお察しよなあ？」

葛葉の瞳が意味深に光る。『わざわざ言うまでもないやろ？』とでも言いたげなご様子だ。

そして新入生たちもまた『当然ですよ』みたいな面構《つらがま》えで笑っている。

ちなみに俺はというと……さっぱりわからない。が、幸いにも答えはすぐに口にされた。

「そうや、率直《そっちょく》に言って君らはもう個人やない。国家レベルの軍事力や。戦車、戦闘機《せんとうき》、戦艦《せんかん》……そんなもんとはくらべものにならん。その気になれば一人で一国と喧嘩《けんか》できる子やっておるやろ？　言うなれば、君らは気まぐれな核爆弾《かくばくだん》ってとこやな」

と肩を竦《すく》めた葛葉は、それから一転して新入生たちを指さす。

「……っておい、何をニヤニヤしとんねん。別にこれ褒《ほ》めてへんで？　君ら、ちょっと考えてみ？　善良な一般《いっぱん》市民の皆々様《みなみなさま》からしてみれば、これほど恐ろしいものはないやん。

とんでもない力を、よりにもよって思春期まっさかりの少年少女が持っとるんやで？　ちょっと気に入らんことがあったら小指の先っちょで街ごとドカーンや。たまったもんじゃあらへんやろ？」

某国《ぼうこく》の銃社会《じゆうしやかい》問題を千倍の規模にしたと考えれば、まあ確かに嬉しくはないだろう。

「せやからお国としても君らを野放しにはできへん。そこで作られたんがこの学園や。要するに、ここは君らの隔離《かくり》施設《しせつ》ってわけや」

正直、招待状を半強制的に渡《わた》された時点でそんな気はしていた。だがこうもはっきり言い切ってしまうとは。

「ゆうても、幸いなことに我《わ》が国《くに》は法治国家や。無理矢理《むりやり》ここで飼い殺し、なんてことはないで。この学園には女神さんもぎょうさんおるからな。『記憶《きおく》と能力を封印《ふういん》する』ゆう条件付きでなら日常生活に戻《もど》ることもできる。ってか、むしろそれが元々の決まり事やったからな。せやけど、そんなん嫌《いや》やっちゅう子もおるやろ？　折角頑張《せつかくがんば》って手に入れた力や。手放しとうない、失いとうない、そう思う気持ちもウチらにはようわかるんや」

と、もっともらしく共感して見せた葛葉は、それから本題を切り出した。

「そこでや、ウチら学園は君らと取引したいねん。まあこう言うとうさんくさく聞こえるかも知れへんけど、別にやばい実験とかちゃうで。そうやなあ、映画でたとえるなら……

あ、そうそう、言っとらんかったけど、ウチ映画大好きやねん。異世界行ってる間なにが辛《つら》かったって、新作一切《いっさい》見れへんかったことよ！　あー、特に山猫《やまねこ》シリーズを封切《ふうきり》で見れへんかったんは一生の――」

と、なぜか無関係な話に脱線《だっせん》しかけたその時、新入生の間から声が上がった。

「なあ、手短に話してくれんじゃなかったのかよ？」

上級生に対してなんと不躾《ぶしつけ》なことか。だが、周囲の新入生たちも賛同するように頷《うなず》いている。つくづく待つのが嫌《きら》いな人たちらしい。

けれど、葛葉はむしろ楽しそうに笑っていた。

「ああ、そやったそやった、堪忍《かんにん》な。んじゃ、ご要望通り手っ取り早く説明すると……こういうことや」

そういって、ぱちんとわざとらしく指を鳴らす。――刹那《せつな》、体育館の壁《かべ》一面に魔法陣《まほうじん》が浮かび上がったかと思うと、中から巨大な悪鬼《あっき》の群れが姿を現した。

(おいおい、本気かよ……?!)

(くくく、なんじゃ、面白いことをするではないか！)

などとフェリスは笑っているが、当然会場はそれどころじゃない。壁際《かべぎわ》に並んでいたお偉いさんたちは悲鳴を上げて逃《に》げ惑《まど》い、警備員たちは我先にと出口へ殺到《さっとう》する。……が、それはあくまで〝賓客《ひんきゃく》たち〟の話。生徒たちの反応は全くの逆であった。

大剣《たいけん》、長槍《ながやり》、魔導書《まどうしょ》、双銃《そうじゅう》……どこからともなく各々《おのおの》の得物を取り出した新入生たちは、何のためらいもなく大鬼《おおおに》の群れへ肉薄《にくはく》する。そして慣れた手つきでその首を狩《か》り落とし始めたのだ。灼熱《しゃくねつ》の獄炎《ごくえん》やら飛ぶ斬撃やら、魔法《まほう》だの異能だのがこれでもかというほど舞《ま》い踊《おど》る。その凄《すさ》まじさたるや言語に絶するほど。乱れ飛ぶ圧倒的《あっとうてき》火力に呑《の》み込まれ、悪鬼たちは一秒ともたずズタズタの肉片《にくへん》に。おいおい、オーバーキルにも限度があるだろ。

そして悪鬼を召喚した張本人《葛葉》もまた、既《すで》に数人の生徒によって制圧されていた。

「ははは、まあまあ、そう怖《こわ》い顔せんとおちつきーや。ちょっとしたジョークや、ジョーク」

喉元《のどもと》に四本の刃《やいば》を突《つ》きつけられているというのに、なおも涼《すず》しい顔を崩さない葛葉。そして彼女は、何やら意味深に笑うのだった。

「それよりも……どや？　自分ら今、楽しかったやろ？　久しぶりに力つこうて、思いっきり敵をブチ殺して、心躍《おど》ったやろ？」

見透《みす》かすように囁いた葛葉はあっさり拘束《こうそく》から抜《ぬ》け出すと、再びマイクを握った。

「これが学園の提供する対価であり、要求そのものや。――君らにはその力でもう一度世界を救って欲《ほ》しい」

力強い声が轟《とどろ》いた瞬間《しゅんかん》、会場が今日初めての静寂《せいじゃく》に包まれる。あれだけ斜《しゃ》に構えていた生徒たちが、揃《そろ》って目を輝かせて次の言葉を待っているのだ。

そして葛葉は畳《たた》みかけるように先を続けた。

「お隣にぎょうさん勇者様が並んでるの見りゃわかる通り、この世界には星の数ほど異世界があるんや。そんでもってその多くが魔族っちゅう病原菌《びょうげんきん》に侵《おか》されて困っとる。ウチらはそれを退治して回るんよ！　君らは世界の救世主ってとこやな！」

とおだてるように笑った葛葉は、それから少し真面目《まじめ》な顔で付け加えた。

「まあ正直他《ほか》の異世界なんてどうでもいい思うかも知れんねんけど、これがあんまし他人事でもないんよ。実は昔な、魔族に敗北した世界があったねん。まあ、それだけならゆうて珍《めずら》しいことでもないんやけどね、その魔王《まおう》ってのがごっつう強かったんよ。どれぐらいかっちゅうと、他の異世界まで侵略《しんりゃく》してまうレベルやね。……女神さんたちが気づいた時には、既に三千の世界がその魔王に滅《ほろ》ぼされとった。色々と手は打ったそうやけどどうにもならんくてな、結局あたり一帯の世界ごと切り離《はな》して封印したんや。巻《ま》き添《ぞ》えで消えた世界は万を超《こ》えるとか超えないとか。そんで、その一件はこう呼ばれているらしいで――《廃棄世界《ロスト・ワン》》の《廃棄魔王《ロスト・ノワール》》ってな」

何やら脅《おど》すように声を潜《ひそ》める葛葉。……が、それを茶化《ちゃか》すようにフェリスが口笛を吹《ふ》く。

俺は慌ててバッグを押さえつけた。

「なーんてな。まっ、今のは最悪も最悪の一例や。ウチが言いたいんは、他の世界やからって魔王をほっとくと、ある日突然この世界も消滅《しょうめつ》、なんてこともあるかも知れんってことや。せやから、君らベテラン勇者に力を貸して欲しいねん。……っていうか、君らもわかるやろ？　一々新しい勇者を召喚してまた一から育てて、なんて非効率極《きわ》まりない。だったら経験ある勇者を使い回した方がみんなにとって安心安全確実やん。要するにや、この学園は勇者派遣《はけん》会社でもあるっちゅうことやね」

面倒くさくなったのか雑にぶっちゃけた葛葉は、それからパンパンと手を叩《たた》いた。

「はい、以上で説明終わり！　次はお待ちかねの能力測定や。ここは基本小隊制やからな、クラス分けみたいなもんやし、バカにせんときばってけよ～。あ、上位小隊にはもちろん色々優遇措置《ゆうぐうそち》もあるからなー。まあ、このあたりのことは君ら異世界で散々経験済みやろ？」

とか言われても、ギルドも能力測定も全くの未経験なんだが……なんて思っているのはどうやら俺だけらしい。新入生たちは生徒会の誘導係《ゆうどうがかり》にしたがって次々と席を立ち始める。

こいつら、めっちゃやる気じゃないか。

（ほれ、おぬしもチャンスじゃぞ！　ここでずばっと成り上がりじゃ！）

(何のチャンスだよ。ほどほどでいいって)

　こんなところで目立とうとしてどうする。だいたい、周りも歴戦の勇者だ。俺なんかが本気でやったって中の下ぐらいがいいところだろう。

　だが、どうやらその心配すらなかったらしい。降壇しかけた葛葉が、思い出したようにマイクを取ったのだ。

「おっとっと、忘れとったわ。えー、今から呼ぶ新入生はこっちに集まってや～」

　と言って名簿《めいぼ》を読み上げ始める。入学早々呼び出しとは、何かやらかしたのか。かわいそうに……

　などと思っていたら、他人事ではなかった。

「──円城陸翔《えんじょうりくと》、木場迅《きばじん》、それから……九条恭弥《くじょうきょうや》。以上十三名、ウチんとこ来てや」

「え、俺も?!」

(くくく……一体何をやらかしたんじゃ、恭弥？)

　何もした覚えはないのだが、無視するわけにもいかない。俺は渋々《しぶしぶ》ながら葛葉の下へ。

　集まった他生徒たちもなぜ呼び出されたのかわからないといった顔をしている。……ちなみに、呼び出し組の中には校門で出会った小毬もいる。見ればそのおでこには見事なたんこぶが。そういやこいつ、さっきの魔物騒動《まものそうどう》の時に椅子《いす》から転げ落ちてたっけ。

そうして全員が揃った後、葛葉はさらりと告げた。

「君らな、試験受けんでええから。寮帰っとき。招待状の中に部屋割りとかあるからな」

告げられた言葉はそれだけ。葛葉はさっさと踵《きびす》を返してしまう。生徒たちも困惑顔《こんわくがお》だが
……その中で一人、大柄《おおがら》の少年が食い下がった。

「おい待てよ、それ、どういう意味だよ」

威圧《いあつ》感たっぷりに問う少年。その険しい眼光はヤクザにしか見えないが、本当に同年代？

だが、葛葉は怯《おび》える様子もなく振り返った。

「ん？　わざわざ言わなわからんか？　ほんまに？　心当たり、あるんとちゃう？」

と逆に問うてから、葛葉は自分の右腕《みぎうで》を差し出した。

「これ、何かわかるか？」

まくり上げた葛葉の腕《うで》には、薄《う》っすらと葉っぱのような印が浮かんでいた。

「『救世紋《きゅうせいもん》』ゆうてな、世界を救った勇者に女神さんから与《あた》えられる印や。いわゆる、異世界クリアの称号《しょうごう》みたいなもんやな。んで質問なんやけど……こん中で誰か、これ持っとる子おる？」

その問いかけに誰一人《だれひとり》頷《うなず》く者はいない。

「まあそうよな。君らはクリア者として報告にあがってない子や。魔王を倒《たお》せず強制送還《そうかん》

されたか、あるいは複数人で召喚されて自分だけ討伐《とうばつ》に参加しなかったか……まあなんにせよ、君らは失敗した。違うか？」

ストレートな物言いだが、誰も否定しない。みんなして目をそらすだけ。どうやら心当たりがあるらしい。

「〝落伍勇者《ジャンク》〟──この学園では君らみたいな敗者はそう呼ばれとる。要するに、君らはテストを受けるにも値せん最下層グループっちゅうこっちゃ。……まっ、こつこつポイント稼《かせ》げば昇格《しょうかく》もあるし、腐《くさ》らんと頑張《がんば》ってな。そんじゃ」

明らかに投げやりにそう言って、さっさと帰ろうとする葛葉。……だが、こうまでされて黙《だま》っていられる者ばかりではなかった。

「……おいふざけんなよ。落伍勇者、だあ？　好き勝手言ってくれるじゃねえか」

と、食い下がったのは先ほどの少年。鬼のような形相で葛葉に詰《つ》め寄る。

「生徒会だか執行委員だかなんだか知らねえが、てめえこの俺を舐《な》めてんのか？」

「いや〜、『この俺を』とか言われてもなあ。ウチ、君とは初対面やし知らんて。……あ、でも名前ならわかるか。えーっと……『鬼島猛《きしまたける》』君いうんね。か〜、ごっつう強そうな名前やないの！　こわいこわい、こわいわ〜」

と名簿を見ながらへらへら笑う葛葉。その態度が癇《かん》に障《さわ》ったのだろう。鬼島というらしいその生徒は本格的に青筋を立てる。

「やっぱ舐めてんな、お前」

怒気《どき》を放ちながら詰め寄る鬼島。今にも殴《なぐ》りかからんばかりの勢いだ。……おいおい、いきなり修羅《しゅら》場《ば》とか勘弁《かんべん》してくれ。

だがその時、鬼島の行く手を小さな影《かげ》が遮《さえぎ》った。

「け、喧嘩はダメですよっ！」

と勢いよく飛び出したのは、あろうことか小毬その人。体格にして倍ぐらいありそうな男を阻《はば》むとはなんという度胸だろうか。正義に燃えるその姿はなかなかに勇者感にあふれている。……が、当然「はい、ごめんなさい」などと丸く収まるはずもなく……

「どけよっ！」

「きゃあっ」

とあっさり突き飛ばされた小毬は、なぜか俺の方へ飛ばされてくる。さすがによけるわけにもいかず肩を支えてやると、鬼島の眼がギロリとこちらへ。……なんというとばっちりだ。

「あ？　てめえも文句あんのか？」

「あ、いえ、文句ってほどでは……でもまあ、あんまり暴力とかはよくないんじゃないかって……」

「うるせえ、ひっこんでろ雑魚《ざこ》！」

「ア、ハイ」

ひええ……なんだよこいつ、怖すぎんよ。

そうして俺がすごすご引っ込むと、鬼島は小馬鹿《こばか》にしたような嘲笑《ちょうしょう》を浮かべた。

「はっ、どいつもこいつもビビりやがって！　こんな雑魚共と俺が同じ最下層だと？　ざけんじゃねえ！　俺が召喚された世界は『ステージ：V』だぞ？　それも、あと少し……あと少しでクリアだったんだ！　あれはちょっと油断しただけさ！　実力なら誰にも負けねえよ！」

と吠《ほ》えた鬼島は、それから『いいことを思いついた』とばかりに笑った。

「なんなら、ここにいる奴ら全部潰《つぶ》して証明してやろうか？　そうすりゃチームも糞《くそ》もなくなるもんなあ？」

刹那、体育館の天井《てんじょう》に展開される巨大な魔法陣。

地獄《じごく》の業火《ごうか》で対象を焼き尽くす獄炎魔《ごくえんま》法《ほう》・《死灰の聖火《イル・ヴァルカーノ》》だ。

「おーおー、こんなでかぶつ持ち出してからに。気合はいってるやん。……でも、ウチはやめといたほうがええと思うけどなあ」

「はあ？　命乞いならおせーよ」

と嘲笑《あざわら》った鬼島は、何の躊躇《ちゅうちょ》もなく魔法陣を起動させる。……え、マジでぶっ放す気か？

だが地獄の業火が放たれるその間際《まぎわ》、落雷《らくらい》のような光が迸《ほとばし》って——一瞬《いっしゅん》の後、魔法陣は真っ二つになって消滅した。

「は……？」

魔法陣が切り裂《さ》かれた——その事実に驚愕《きょうがく》を隠せない鬼島。

その背後から、一筋の声がした。

「——校則違反《いはん》、減点だ」

一体いつ現れたのか、鬼島の背後には日本刀を手にした一人の女が。その鋭《するど》い切っ先はぴたりと鬼島の首筋にあてがわれている。

「こらこら～、零《れい》ちゃん。まだ班分け前やん？　減点は勘弁したってや～」

「……葛葉は甘《あま》い」

「ちょ、怖いから睨《にら》まんといてーな。……だいたい、悪いのは君やで、猛くん？　せやからやめた方がええゆうたのに。まあでもよかったなぁ、零ちゃんが優《やさ》しいお姉さんで。じゃなきゃ自分、三十回は斬《き》られとったで？」

とからかうように笑ってから、葛葉は思い出したように付け加える。

「おっと、それともあれか？　今のも『ちょっと油断しただけ』か？」

「ぐっ……！」

明確な力量の差を見せつけられた鬼島に反論などできるはずもない。

そして黙り込んだ鬼島に向かって、葛葉は不意に語気を強めた。

「ええか、一つ言うとくで。ここはそこらの仲良し学校とちゃう。〝努力〟とか〝伸《の》びしろ〟とか、そういうんにはこれっぽっちの意味もないんや。勇者に求められるのはただ一つ──『託《たく》された世界を救う』という〝結果〟だけ。わかるやろ？　あんたが失敗したらその世界は滅ぶ。勝手にくたばるんは好きにすればええけどな、世界すべての命が道連れなんや。それが『ちょっとの油断』やて？」

と詰《なじ》る葛葉は、鬼島だけではなく俺たち全員に向けて言い放つのだった。

「──自分ら、甘えるんもええ加減にせえよ。どんな言い訳にも意味はない。あんたらは失敗した。救世主たる資格のない落伍勇者や。それだけが事実やろが」

負け組である俺たちを見下ろすその眼には、ぞっとするほど冷たい圧が込められている。

もはや誰も口を開けず俯《うつむ》くことしかできやしない。

……が、それはあくまで一瞬だけ。葛葉はすぐにまたへらへらした調子に戻るのだった。

「ってことで、お話は終わりや。君らも疲《つか》れたやろ？　寮戻《りょうもど》ってたっぷり休んでええでー。

明日から授業やからな。今のうちに爆笑《ばくしょう》必至の挨拶でも考えときや～」

その言葉で解放されたことを知った生徒たちは、ぞろぞろと体育館を後にする。俺もまたその流れに乗ることにした。

別にこの扱いに不満なんてないし、恐ろしい執行部《しっこうぶ》の面々に目を付けられたくもない。何より……魔王を倒せなかった、というのは本当だしな。


――――……

――――……


学園C棟《とう》、南廊下《ろうか》にて。入学式を終えた葛葉と零は二人並んで歩いていた。

「いやー、零ちゃんナイスタイミングやで～、ヒーローみたいでかっこよかったわ～」

「ふん、わかっていたからああして煽《あお》ったのだろう。趣味《しゅみ》が悪いぞ」

「えー、だってしゃーないやろ？　言って聞くようないい子ちゃんばっかやないんやし。どうせこの学園は実力主義や。手っ取り早く力を見せるんが一番やん。むしろ、今期の子らはおとなしゅうてびっくりしたぐらいや。ほら、覚えとる？　前回なんてもういきなり乱闘《らんとう》おっぱじめよってな～」

と懐《なつ》かしそうに笑う葛葉。ここに集《つど》うのはみな素直《すなお》とは言い難《がた》い生徒ばかり。言うことを聞かない〝悪い子〟の処理など毎度のことなのだ。だがそんな昔話の途中《とちゅう》で、葛葉はむっと唇《くちびる》を尖《とが》らせた。

「ちょいちょーい、零ちゃん、聞いてるん？」

ジト目で隣を見れば、零は上の空で考え事をしていた。

「あ、いや、すまない……実は少し気になることが……」

と、零は自信なさげに呟いた。

「さっきの感触《かんしょく》……あの魔法陣、既に中身がなかったような……」

すると、葛葉は驚《おどろ》いたように目をぱちくりさせた。

「ありゃ、気づいてたん？　零ちゃんそういうん頓着《とんちゃく》せんと思うとったわ。『斬ればなんでもいいでござる！』みたいな？」

「なっ……私をなんだと思っているのだ！」

「ははは、冗談《じょうだん》や冗談」

とひとしきり笑った葛葉は、それからふと真面目な顔になった。

「でもまあ零ちゃんの言う通りや。あの術式、既に無力化されとった。それも、綺麗《きれい》に火薬だけを抜き取られた形やな。……正直、ウチにも誰がやったかまではわからんかったわ」

「お前の眼でもか……？　だ、だが、今日の生徒にそれほどの能力値《ステータス》を持つ者はいなかったはず……?!」

ここは核兵器《かくへいき》並の戦力を有する帰還者たちの学園だ。当然防犯設備にも相応のものが用意されている。そのうちの一つが、『審判《しんぱん》の眼』と呼ばれる監査魔法《かんさまほう》。校門に設置された不可視の魔法陣を通過した者は、すべてのステータスを暴《あば》かれてしまうのだ。新入生の能力テストにも使われる代物《しろもの》である。

だが葛葉はそんな零の言葉を笑い飛ばした。

「あはははは、なに寝言《ねごと》いうとるん零ちゃん？　そんなん『眼』より強力な隠蔽魔法《いんぺいまほう》が使えたら何の意味もあらへんやん。あんなもんはな、数字欲しがるお役人さんのために用意した玩具《おもちゃ》や玩具。……零ちゃん、ちょっと平和ぼけしすぎてへん？」

「っ……」

零は何も言い返せずに押し黙る。

「まあゆうて消去法でだいたいは絞《しぼ》り込めるねんけどな〜。いかんせん〝情報なし《ノーデータ》〟の子が多くてな。女神さんたちから全然情報がおりてきーひんのよ。内輪もめだか派閥分裂《はばつぶんれつ》だか知らんけど、学園作れゆーてきたのは向こうなんやし、しっかりしてもらわんとなあ」

と呆《あき》れたようにぼやいてから、葛葉はむしろ楽しげに笑うのだった。

「まっ、でもなんでもええわ。強い子なら大歓迎《かんげい》や。少なくとも……味方のうちは、な」

――――――……

――――……


「――えーっと……107、107……おっ、ここか」

波乱の入学式から三十分。学園の見取り図を頼《たよ》りに、俺《おれ》はようやく割り当てられた自室へとたどり着いた。

寮の名前は『水仙寮《すいせんりょう》』。校門から見えた高級ホテル並の豪華《ごうか》な建物……の裏に隠れたごく普通の寮である。落伍勇者なんかに贅沢《ぜいたく》はさせないということなのだろう。

まっ、それでも新築に変わりはないし、部屋の内装なんかもシンプルながら綺麗なもの。俺としては全く不満などない。

そうして荷物を下ろすや否《いな》や、バッグからフェリスが飛び出してきた。

「ふう、ようやく一息つけるのう。あー、肩が凝《こ》ったわい」

などと全く猫《ねこ》らしくないセリフを吐《は》きながら、俺の膝《ひざ》に飛び乗ってくる。どうやら撫でろということらしい。……そういやこの寮、ペット不可とかじゃないよな？

「いや～、にしても面白い学園じゃったのう！　これは明日からも楽しみじゃ！」

「はあ？　どこがだよ……」

フェリスの顎《あご》をわしゃわしゃしながら、俺はさっきの諍《いさか》いを思い出す。

「いきなりあんなとこでやり合うか、普通？　人間同士だぞ？　怖いっての」

「何を言うか。どこの世界でも転移者は絶大な戦力。それをよく思わぬのは魔族だけではない。むしろ、人間同士での戦いを経験していない方が珍しいというものじゃろう」

見た目の上ではみんな十代の中高生ばかり。だが、全員が異世界で全く違う体験をしてきた。普通の子供とは根底から違うということか。

「それはそうと、おぬし、あれは少し露骨《ろこつ》すぎじゃぞ」

「うっ……やっぱり……？」

フェリスが言っているのは、先ほど鬼島の魔法陣に加えた細工のことだ。

「あんなばればれなやり方をしおって。少なくともあの執行部の二人は気づいておったぞ」

「だよなあ……いや、みんないたからさ、どうせ誰かが止めんだろって思ってたら、誰も動かないんだもん。ちょっと焦《あせ》っちゃって……」

「言い訳禁止じゃ！　まだまだ修行《しゆぎよう》不足じゃの。……くく、じゃがそれも仕方ないかのう？　なにせそなたは〝落伍勇者〟じゃからのう！　くっくっく……」

その間抜《まぬ》けな響きが気に入っているのか、フェリスはくすくす笑う。だが、こっちとしてはあまり嬉《うれ》しくはない。

「笑いごとじゃないだろ。ひどい言い草だぜ。……まあ、事実だけどさ」

「ははは、笑いたくもなるじゃろ？　まさかこうも露骨な分断策を敷《し》いてくるとはのう」

笑えるかどうかはさておくとして、フェリスが言わんとしていることは俺にもわかる。

成功した者と失敗した者……学園はわざと格差を作ろうとしている。もちろん、その理由は明白だ。

「まあ『治安維持《いじ》』って考えればそれしかないもんな」

先の挨拶でも言っていたが、生徒たちは各々が軍隊級の力を有しているのだ。それを御《ぎょ》するためには規則も法律も何の意味も持たない。唯一《ゆいいつ》生徒たちを抑え込めるとしたら……それはより強い生徒だけ。だからこそ、上位の生徒を優遇《ゆうぐう》し体制側につけ、下層生徒たちの不満《ヘイト》が上位の生徒に向くように仕向ける。この過剰な勇者という力が社会へ向けられることを防ぐにはこれしかないのだ。

「っていうかさ、そこまでして帰還者《きかんしゃ》を抱《だ》き込んどきたいもんなのか？　一歩間違《まちが》えればヤバイことになりそうだけど」

「むー、そうじゃのう。魔族に対抗《たいこう》する戦力、という意味では多いに越《こ》したことはないじやろう。特にこの時期じゃからのう」

「この時期？」

「ああ、〝世界樹〟の成長期じゃ。……あれ、この話しておらんかったかのう？」

「初耳なんですけど」

と首を振《ふ》ると、フェリスは「ふむ」と語り始めた。

「この世に無数の世界が並立していることは知っておるな？　その世界全体を〝世界樹〟……《ユグドラシア》と呼ぶのじゃ。個々の世界はその木になった果実、《小世界《エッダシア》》と呼ばれておる。世界樹は普通の木と同様に日々成長しておってのう、小世界《エッダシア》もまた日々生まれておるのじゃ」

なるほど、そりゃ異世界勇者がこれだけたくさんいるわけだ。

「ただ、世界樹は成長もすれば病気にもなる。この病気というのが女神どもの言う魔族じゃ。小世界を蝕《むしば》む闇《やみ》の眷属《けんぞく》……程度こそ違えど、それはどの世界にも潜んでおる。成長期には魔族もまた活性化するのじゃよ。ま、光あるところにまた闇あり、ってやつかのう？」

どこで聞きかじったのやら、格好つけて言うフェリス。猫の姿だとものすごいシュールだぞ。

「大樹の監視《かんし》者たる女神どもにとって、この魔族の討伐こそが最大の役目。ゆえに強力な勇者はストックしておきたいのじゃろうな」

そう肩《かた》を竦めたフェリスは「ただ……」といぶかしげに言葉を接《つ》いだ。

「それにしても、これは少々やりすぎじゃがの」

「やりすぎ……？」

「そうじゃ。本来、異世界召喚は秘儀《ひぎ》中の秘儀。世界に与える影響《えいきょう》が大きすぎるのじゃ。それをこともあろうに使い回しで派遣などとは。いやはや、しばらく見ないうちに女神どもも随分《ずいぶん》と俗《ぞく》になったものじゃ。あの長老会が許すとも思えんのじゃが……」

と言ってから、フェリスはふと何かに思い当たったように呟いた。

「……いや、正体不明なはずのおぬしが放置されているところを見るに、奴《やつ》らも一枚岩ではないのかも知れんのう」

「ふぅん」

何やら難しい顔をしているフェリスだが、俺は頷くことしかできない。異世界にいた間はずっと訓練ばかりだったのだ。この手の陰謀《いんぼう》だの思惑《おもわく》だのといった話は正直苦手である。

だから、今俺が心配しているのは一つだけ。

「……なんか、ごめんな。こんなところに連れて来ちまって。お前にとっては敵の本拠地《ほんきょち》みたいなもんだろ？　こんなつもりじゃなかったんだけど……」

元の世界に戻れば平穏《へいおん》な暮らしが待っている、そう信じていたのに……

「そうじゃのう。今のわしは無力じゃ。それゆえに気づく者がいるとは思えんが……それでも万一見つかれば大変なことになるのう。それこそ死ぬより恐ろしい目に遭《あ》うかのう～」

「うっ……」

と、フェリスは追い打ちをかけるかの如く詰ってくる。サディスティックな性格は猫になっても変わらないらしい。……いや、まあ、悪いのは俺だから反論のしようもないが。

そうして意地悪く笑ったフェリスは、それからふっと語気をやわらげた。

「じゃが、心配はしておらぬ。おぬしが守ってくれるのじゃろう？」

「あ、ああ、必ず！」

平穏な日常を送ってもらう……そのためにフェリスをあの世界から連れ出したのだ。俺の力の及《およ》ぶ限りはどんな障害でもはねのけて見せる。それが責任というものだろう。

――が、そんな俺の決意を聞いたフェリスは……あろうことか大笑いを始めたのだった。

「……ぷふっ、あはは！『必ず』（キリッ）、じゃと！うひひひ、乳臭《ちちくさ》い小僧《こぞう》がませおって！片腹痛いわ！あーっはっはっはっは!!」

「ぐぬぬ……！」

人がこんなに真面目に話しているというのに、なんという奴だろうか。まったく信じられん。

「……ふん、もういい」

とそっぽを向くと、さすがにやりすぎたと思ったのか、フェリスは慌《あわ》てて笑うのをやめた。

「おっと、拗《す》ねてしまったか？　くくく、まあまあ、そう臍《へそ》を曲げるでない。カワイイという意味の誉《ほ》め言葉ではないか。機嫌《きげん》を直すのじゃ。ほれ、特別にわしの肉球を触《さわ》らせてやるからのぅ。そーら、どうじゃ？　柔《やわ》らかいぞ～？　ぷにぷにじゃぞ～？」

などと甘い声で囁《ささや》きながら、猫の手でふにふに背中にタッチしてくるフェリス。正直、肉球にはちょっと心惹《ひ》かれるが……こんな誘惑《ゆうわく》なんかに絶対誤魔化《ごまか》されないからな。

そうしてそっぽを向いたままでいると、フェリスは「ふむ」と残念そうに離れていく。

どうやら諦《あきら》めた……かに思えたが……

「なるほどのう、この柔らかさでは不満か。では――これならどうじゃ？」

耳元に吹きかけられる甘い吐息《といき》。明らかに猫の口が来る高さじゃない。しかも、俺の背中には肉球よりもずっと大きくて、ずっと柔らかなものが二つ、ぴったり押し当てられている。

まさか、これって……？

「お、おい……!?」

嫌な予感がして、俺は慌てて振り返る。すると、その先にいたのはいつもの黒猫《くろねこ》……ではなく、息をのむほど美しい一人の女性だった。

夜空の如く煌《きら》めく漆黒《しっこく》の髪《かみ》、彫刻《ちょうこく》と紛《まが》うほどに整った目鼻立ち、一分の欠点も見当たらぬ完璧《かんぺき》な肢体《したい》に、吸い込まれそうなほど深い紅の瞳《ひとみ》……可憐《かれん》と呼ぶにはあまりに煽情《せんじょう》的で、淫靡《いんび》と呼ぶにはあまりにも無垢《むく》。この世の美しさのすべてを独《ひと》り占めしたかのような、怖《おそ》気《け》立つほどの美女である。しかも、何が問題かといえば……そんな蠱惑《こわく》の妖女《ようじょ》が一糸まとわぬ全裸《ぜんら》であること。その豊満な肉体と艶《つや》めく肌《はだ》を惜《お》しげもなくベッドの上で晒《さら》しているのだ。

「な、なんで裸《はだか》……じゃなくて、お前、まだ力が戻ってないんじゃ……?!」

「くっくっく、このわしを誰《だれ》と心得る？　力など爪先《つまさき》ほど戻れば十分。元の姿を取り戻す程度ヨユーというやつじゃ！　……まあ、魔術《まじゅつ》は使えぬし長くは維持できぬがのう」

世間一般ではそれを『余裕《よゆう》がない』と言うのでは？

「それよりも……ほ〜れ、こっちの肉ならどうじゃ？　肉球よりもずっとやわいぞ？　良い匂《にお》いもするぞ？　ほれほれ〜、触りたくなったじゃろう？」

と囁きながら、フェリスは肉感的な己《おのれ》の肢体に手を滑《すべ》らせる。柔らかな太ももから、きゆっとくびれたウエストへ、すぼまった臍《へそ》を通った後には、その大きな双丘《そうきゅう》をこれ見よがしに揉《も》みしだく。下品とさえ呼べるほど艶めかしい女体《にょたい》は、どこもかしこも瑞々《みずみず》しい張りと弾力《だんりょく》に満ち溢《あふ》れ、触《ふ》れた先から仄《ほの》かなピンクに色づいていく。それは背徳的なまでに淫靡な、ひどく官能めいた光景だ。

「ほれほれどうした、何を遠慮《えんりょ》しておる？　いつも全身ねっとり撫《な》で回してくれたではないか〜？　わしが嬌声《きょうせい》をあげるまでねちっこく……」

「そりゃ猫の時の話だろ！　いいからちょっとは隠《かく》せ！」

このままでは色々とまずい。咄嗟《とっさ》にシーツをぶん投げると、フェリスは楽しげにくすくすと笑うのだった。

「まったく、そんなにうろたえおって。うぶな奴じゃのう〜。ククク……そっちも教えてやるべきだったかのぅ？」

「い、いらねえよ」

まさか体まで使ってからかってくるとは、とんでもないやつだ。

ともかくフェリスが俺のシャツを着る間、俺はじっと壁の方を睨む。背後から洩《も》れる衣《きぬ》擦《ず》れの音は聞こえないフリだ。

そうしてやっと音が止《や》んだ頃《ころ》、フェリスは先ほどよりもずっと穏《おだ》やかな声で囁いた。

「小僧、変な気を回すでないぞ」

「……何の話だよ」

本当はわかっているけれど、つい先延ばしにしてしまう。我ながら情けない。

「わしはな、感謝しておるのじゃ。かの地にて永久に棄《す》てられたままであったはずの我が命……それがこうして新たな輝《かがや》きと交わることができる。実に……ああ、実に幸福じゃ。そしてそれはみなそなたのお陰《かげ》。だから……何も気に病《や》むことはないのじゃぞ」

そう囁くフェリスの声はどこまでも優しい慈愛《じあい》に満ちている。散々からかってきたかと思えば、急にこれだ。やはりこいつはずるい。

……だが、そこで終わらないのがフェリスという女。優しい微笑《びしょう》が一転、またしても悪戯っぽく笑ったかと思うと、フェリスは傲慢《ごうまん》に言い放った。

「それとも、何か？　そなたはわしが嫌々《いやいや》従っているとでも？　くっくっく、随分と舐められたものじゃのう！　《三千世界の悪鬼》――《最果ての妖妃》――《終末に歌う龍《りゅう》》――そして……《廃棄魔王》と恐《おそ》れられた、このわしが？　くははは！　そなたのことが気に食わぬなら、とうに頭から喰ろうておるわ！」

と高らかに笑うフェリス。本気なのか冗談なのか、紅の瞳がなんとも邪悪《じゃあく》にぎらつく。

おいおい、魔眼が漏《も》れてるぞ。『優しい』という評価は尚早《しょうそう》だったらしい。

「おい、怖いからやめろって、その眼」

「おっと、怯えさせてしまったか？　くすくす、大丈夫《だいじょうぶ》じゃぞ～、フェリス様は怖くないからの～。ほれ、いいこいいこ～」

「だ、だからそんな恰好《かっこう》で近づくなってのー」

今のフェリスはワイシャツ姿。確かに全裸ではなくなったが……明らかに胸のあたりが窮屈《きゅうくつ》で、丈《たけ》も全然足りていない。見ようによってはむしろより煽情的になってしまったとも言える。そんな状態を知ってか知らずか、フェリスはがばっと背後から飛びついて来た。

「くくく、よいではないかよいではないか！　わしの狩猟《しゅりょう》本能を満たさせよ！　ほれほれ！」

いくら絶世の美女とはいえ、このノリはうざい。どうやらしばらくぶりに元の姿に戻《もど》ったのではしゃいでいるらしい。こうなるともはやこの元魔王を止めるのは誰にも不可能。仕方がないから心を無にして耐《た》える作戦に。

そうしてしばらくお経《きょう》を唱えていると、フェリスは不意にくすくすと笑い始めた。

「こ、今度はなんだよ……」

次はどんなノリが来るのやら。俺は思わず身構える。……だが、フェリスはただ懐かしそうに微笑《ほほえ》むだけだった。

「いや、少し思い出してしまってのう。……覚えておるか？　初めて会ったあの時も、おぬしはそうやって怯えておったと思ってな」

「……ああ、覚えてるに決まってるだろ」

そう、忘れたくても忘れられるはずもない。それは実時間にすればたった三年……だが、体感時間にすれば三万年も前のこと。だけど今でもはっきりと思い出せる。異世界に召喚《しょうかん》され、こいつと出会い、すべてが変わった、あの日のことを——

異章　廃棄世界にて

「――さあ、わしを殺しておくれ――」

唐突《とうとつ》に召喚された荒野《こうや》の世界にて、その女は微笑みながらそう口にした。

それに対し、俺の返答はというと……

「え、あ、あの……え……？」

『私を殺せ』？　というか、ここはどこ？　あなたは誰？　無数の疑問符《ぎもんふ》が渋滞《じゅうたい》しているせいで言葉が出てこない。

そんな俺を見て、女はふっと笑った。

「おや、混乱させてしまったかのう？　それなら少し歩きながら話すとしよう。ここは……ほれ、少々殺風景ゆえな」

そう言ってなんだか楽しそうに歩いていく女。もちろん俺は迷った。こんなわけのわからない相手について行っていいのだろうか？　だが他にどうしようもないのは事実だし……いや、でもやっぱり……

などとウジウジ逡巡《しゅんじゅん》していたら、ついには急《せ》かされてしまった。

「これ、恭弥《きょうや》、早くせぬか。置いて行ってしまうぞ？」

「あ、はい……」

反射的に頷《うなず》いてしまったけど……俺、いつ名前教えたっけ？

ともかく、こうして急かされては仕方がない。俺は距離《きょり》を取りつつも女の後ろについていく。

「うむうむ、それでよい。素直なおのこは好きじゃぞ！」

と、やはりやたらと上機嫌《じょうきげん》な様子の女。どうやら今すぐ取って食われるというわけではないらしい。

ならば、と俺は色々と聞き出そうとするが……そこで困ったことに気づいた。

「あ、あの、えっと……」

この美女の名前がわからない。普通《ふつう》に『あなたは』とか話しかけていいのだろうか？

でもなんだか高貴な雰囲気《ふんいき》だし、『なんちゃら様』とかつけないと気を悪くするのでは……？

などと悩《なや》んでいると、女はまたしても心を読んだように笑った。

「ん、おお、そうかそうか。これはすまなんだ。名乗らぬでは不便じゃったな。久しいものでで忘れておったわ。ただのう、名乗ろうにも名前はたくさんあったでな……ドゥレガノアール、デルミドレス、ラヌシュ＝エマシュナ……うーむ、どれが良いか……」

と迷った末、女はある名前を口にした。

「うむ、これじゃ。『フェアリオレス＝フィオ＝ニーズヘルグ』――そなたには特別に〝フェリス〟と呼ぶことを許可しよう！」

女……改めフェリスはやはり上機嫌なご様子。一体何がそんなに楽しいのか。

「それで、恭弥よ。聞きたいことがあるのであろう？　ならば遠慮せず申してみい！　さあ、さあさあさあさあ！」

「えっと……じゃあ……ここって、異世界……的なところなんですよね？」

食い気味に急かされた俺は、思わずしょうもない質問をしてしまう。だがフェリスは元気に答えた。

「む、そこに気づくとは実に聡《さと》い子じゃのう！　そう、ここはそなたの世界とは異なる地じゃ！　名前は……うむ、まあここも呼ばれ方は色々じゃな。『深淵《しんえん》の根』やら『いやはての地』やら『混沌《こんとん》の彼岸《ひがん》』やら……そうそう、女神《めがみ》たちは《廃棄世界《ロスト・ワン》》などと呼んでおったか」

とりあえずろくでもないところであるのはよくわかった。

「くくく、ああ、その通りじゃ。ここはすべてが終わった果ての大地。命と呼べるものはみな潰《つい》えた。この荒野だけが永遠に続いておる」

「えーっと、なんでそんなことに……？」

するとフェリスは何てことなさそうに笑った。

「そんなのは決まっておろう。このわしが滅《ほろ》ぼしたからじゃ。人も、獣《けもの》も、魔族《まぞく》も、命あるものすべてをな。──なにせ、わしは魔王《まおう》じゃからのう」

それを聞いた瞬間《しゅんかん》、背筋が凍《こお》った。

この綺麗な人が世界をこんな風にしたって？　正直、そんなこと言われても実感がわかない。眼前の美しい笑顔《えがお》からは敵意も悪意も全く感じないからだ。だが同時に、冗談を言っている顔にも見えなかった。

世界を滅ぼした魔王……一体なぜそんなことを？　なんて今の俺には問うことすらできない。きっと誰だってそうだろう。たとえばの話、目の前にニコニコ笑っている大量殺人《さつじん》鬼《き》がいたとして、一体どれだけの人が「あなたはなぜ人を殺したんですか？」と聞けるだろうか。聞いた瞬間態度が豹変《ひょうへん》して襲《おそ》い掛《か》かってくるかも知れないのだ、俺にはそんな勇気はない。

だからその代わり、俺はもう一つの質問をした。

「な、なら、その魔王様が……なんで俺なんかを？」

世界を丸ごと荒野に変えるほどの魔王が、一体全体なんで俺みたいなただのガキを呼ぶ必要があるというのか？

そしてその答えは実に奇妙《きみょう》なものだった。

「む？　それはさっき言ったはずじゃぞ。――わしを殺してもらうためじゃ」

「あ……あれ、本気だったんですか……？」

「くははは！　あんな冗談を言う奴がおるものか！　そなた面白《おもしろ》いことを言うのぅ！」

『私は世界を滅ぼした魔王です』と大真面目《おおまじめ》に言う奴よりは多そうに思えるが。

「本当なら自分で片をつけられればよいのじゃがのう、生憎《あいにく》わしは〝根源〟に制約を受けている身。情けない話じゃが、自害もできぬのじゃよ」

「根源……？」

耳慣れぬ単語に首を傾《かし》げると、フェリスは「うーむ、なんと説明すればよいか……」と顎に手を当てた。

「魂《たましい》、霊核《れいかく》、起源、魂魄《こんぱく》……ようはその存在を形作る根のようなものじゃ。わしにもおぬしにもそれはある。殊《こと》にわしの魂は魔王として作為的《さくいてき》に作られたもの。ゆえに多くの制約があっての、一人では死ぬこともできぬのじゃ」

気のせいかも知れないが、その声音《こわね》には少しだけ悲しみが含《ふく》まれているような気がした。

「だから、おぬしの手を借りたいのじゃよ」

「で、でも俺、戦うとか無理ですよ？」

仮にもこの女性は自称魔王《じしょうまおう》様だ。首を絞《し》めれば殺せる、なんて相手じゃないだろう。

「ははは、そこは安心せい。わしを殺せるレベルまで、このわしが直々に鍛《きた》えてやるからのう！」

いや、鍛えるって……自分を殺させるためにか？　とてもまともな発想とは思えない。

と、そんな時、不意にフェリスの足が止まった。

「ほれ、ついたぞ。我らが城じゃ！」

とドヤ顔で言われるが、そこにあったのは巨大《きょだい》な岩。どこからどう見てもお城には見えない。

もしやこの女、狂人《きょうじん》なのでは……？

という疑念が頭をもたげたその時、フェリスがそっと大岩に手をかざす。――次の瞬間、岩肌《いわはだ》に扉《とびら》のような紋様《もんよう》が浮《う》かび上がったかと思うと、まばたきする間に現実の門となって現れる。そしてその扉が開かれた先には――

「す、すげえ……」

　七色に輝く王冠《おうかん》に、聖なる光を纏《まと》う宝剣《ほうけん》、複雑な呪文《じゆもん》の刻まれた鎧《よろい》の隣《となり》には禍々《まがまが》しいオーラを放つ魔導書。床《ゆか》という床は眩《まばゆ》い金貨で埋《う》め尽《つ》くされ、大粒《おおつぶ》のダイヤが石ころみたくあちこちに転がっている。

　――扉の先に待っていたのは、文字通りの金銀財宝の山だったのだ。

「《万宝殿《パンテサリウム》》――わしの宝物庫じゃ。ここにはわしが滅ぼした三千の世界の秘宝が集められておる。そなたに必要な物はすべてここにあるじゃろう。知識、宝具、薬物、呪法……これからわしは、ありとあらゆる手段を用いてそなたを鍛える。わしを殺せるレベルまで、の」

　そうしてフェリスは無造作に落ちていた指輪を拾い上げる。

「とりあえず、ほれ。これをつけておくのじゃ。成長率がアップする指輪じゃぞ。あとこっちのネックレスもいいのう。邪神《じやしん》の加護を得られる。おっと、こっちは飲むだけで仙人《せんにん》の力を得られる秘薬じゃ。死ぬほどまずいが文句を言うでないぞ？　くっくっく、なにやら楽しくなってきたのう！」

　などと、ご機嫌で落ちているアイテムを集め始めるフェリス。「これもよいのう！　おお、これも！」とすっかり夢中だ。ここにあるのは超《ちよう》一級の宝具ばかりなのだろうが……扱《あつか》いが雑なせいでどうにも価値が薄《うす》まっているように感じるのは気のせいだろうか？

ともかく、フェリスは俺用のアイテムを見繕《みつくろ》うのに手一杯《ていっぱい》。やることのなくなってしまった俺は、ぶらぶらと宝物庫内を歩き回ることにした。

（っつーかここ、どんだけ広いんだ……？）

野球場ほどの面積の部屋には扉が四つ。その先の部屋もまた財宝で埋め尽くされており、四方にはまた次の部屋へ続く扉が。それが延々続いているのだ。一体どれだけのお宝が収められているのやら。

そうして暇《ひま》つぶしをしていたその時、俺の眼にあるものが留まった。

——それは一振《ひとふ》りの剣《つるぎ》。柄《つか》にも鞘《さや》にもこれといった装飾《そうしょく》のない、ひどく地味な剣だ。純金でできていたり光を放っていたりする他《ほか》の宝剣に比べれば、もはや粗大《そだい》ごみとさえ呼べそうな代物。何の自己主張もせず、他の財宝に埋もれてただひっそりとそこにあるだけ。

……だというのに、なぜだろうか。それが気になって仕方がない。

俺はためらいながら剣に近寄ると、その柄に手を伸ばして——

「——やめておけ。そやつは《災いなす古き枝《ラーヴァンクィン》》……生きた魔剣《まけん》じゃ。魂そのものを貪《むさぼ》る呪《のろ》われた邪《じゃ》の結晶《けっしょう》よ。わしでもそれを使ったのは三度だけ。今のそなたでは、触れただけで欠片《かけら》も残らず食われるぞ」

いつの間に追いついたのか、耳元で恐ろしいことを囁くフェリス。助けてもらったのはありがたいが……そもそんな危険物を置いとかないでください。

「にしても、これに惹かれるとは……そなた、なかなかに素質があるのかも知れんのう。そなたの頑張《がんば》り次第《しだい》ではあるが、三十万年もすればこれを握《にぎ》れるぐらいにはなっているかも知れぬぞ？」

「どうじゃ、嬉しかろう？」みたいな口ぶりだが、俺はとある単語を聞き逃《のが》さなかった。

「へえ、三十万年……えっ⁉　三十万年⁉」

今のは聞き間違いだろうか？　いや、きっとそうに決まっている。……決まっているが……念のため尋《たず》ねてみた。

「あの……に、人間の寿命《じゅみょう》ってご存じでしょうか……？」

「はっはっは、安心せい。そなたらが短命なのはよくわかっておる。確か……千年しか生きられぬのであろう？」

「……長くてもその十分の一です」

「む、そうじゃったか？　はっはっは、細かいことを気にするでない！」

全然細かいとは思えないんですが。

「ともかく、案ずるでないぞ。ここは時の流れすら死んでおるからのう。そなたらの世界と比べて一万分の一ぐらいか？　停滞《ていたい》した時間の中で存分に鍛えてやるから安心するがよい！　ちなみに、死んでも蘇《よみがえ》らせるし、発狂《はっきょう》しても修復するサービス付きじゃ。何も問題ないぞ！」

いやだから問題だらけにしか聞こえないんですが。

「といっても……わしにはあまり時間はないのじゃがのう」

と呟《つぶや》いてから、フェリスはまた大きく笑った。

「なんにせよ、今日は疲れたじゃろう？　向こうに部屋を用意してあるでな、共に休もう

ぞ！　無限に馳《ち》走《そう》の湧《わ》き出る魔《ま》法《ほう》の円卓《えんたく》に、ひとりでに湯の湧き出る魔法の大釜《おおがま》もあるか

らのぅ！　今日はぱーっとそなたの歓迎会《かんげいかい》じゃ！」

かくして俺の異世界生活が始まった。

といっても最初は正直不安だらけ。当たり前だけど、俺は剣も魔法も経験ゼロ。運動神

経だって平均以下だ。『鍛えてやる』と言われても、そもそも修行《しゆぎよう》自体について行ける自

信がない。

……だが、幸か不幸かそれは杞憂《きゆう》に終わった。なにせ最初に課せられた訓練は『ただ歩

く』だけだったのだから。

フェリス曰《いわ》く——「人間というのはのぅ、一ミリのずれもなく己の体を意のままに動か

することができれば、それだけであらゆる武術の達人になれるのじゃ」とのこと。そしてそのために習得すべきは〝正しい体の動かし方〟だという。

ゆえに、鍛錬《たんれん》といっても肉体的にしんどいことは一切《いっさい》なかった。『ものを掴《つか》む』『立って歩く』『ごはんを咀嚼《そしゃく》する』等々、やらされるのはごく日常的な動作ばかり。ただし、傍《そば》には常にフェリスが張り付いていて、『意思と行動の間にズレがないか』を常時観測される。〝感応魔術〟とかなんとかで意識を俺とリンクさせているらしい。つまりは内側から監視されているわけで、なんとも恐ろしい鬼教官《おにきょうかん》のようにも思えたが……実際の指導においては別にスパルタというわけではなかった。

どれだけ失敗しようとも、フェリスは決して怒鳴《どな》ったりしない。今のはどこが悪かったのか。次はどう意識すればいいのか。それを毎回丁寧《ていねい》に教えてくれるのだ。そんなフェリスのお陰か、俺は〝体の正しい動かし方〟というやつが次第に理解できるようになっていた。というより、今までどれだけイメージと動きが乖離《かいり》していたかを思い知らされた、という方が正確か。そして少しずつ理解が進むにつれて、訓練もまた難易度が上がっていった。ただの散歩がランニングになったり、実際に剣や槍《やり》を使ったり、だ。

ここまで来ると、『ザ・修行』って感じの王道メニューだが、目的は体を鍛えることではなく、正確に肉体をコントロールすることのまま。そう、知りたいことはシンプルだ。

自分がどこまで動けるか。そして、自分をどこまで動かせるか。

どれだけ速い動作でも、どれだけ不意を衝《つ》かれても、どれだけ疲弊《ひへい》していても、必ず意図した通りの動きを、０・０１ミリの誤差もなく。ただひたすらにそれだけを体と頭に染みつけていく。

そうして気が付けば……修行を始めて１００年が経《た》っていた。

「ふむ、そろそろ様になって来たようじゃのう」

「え……？　ああ、そうかな……？」

ある日、唐突に告げられた合格の言葉。本来は喜ぶべきなのだろうが……正直、全く実感が湧かない。なにせ、体を精密にコントロールできるようになったところで、体感できる恩恵《おんけい》はといえば『足場が悪くてもこけなくなった』とか『箸《はし》で正確に豆をつまめるようになった』とか、まあそれぐらいしかないのである。

「なんつーか、強くなった気がしないけど……いいのか？　剣なんて適当な素振《すぶ》りしかやってないぞ？」

「うむ、十分じゃ。今のおぬしならどんな武術も見ただけで模倣《もほう》できる。わざわざ学ぶほどの価値もないじゃろう」

とあっさり言ってのけたフェリスは、「それよりも……」と言葉を接いだ。

「今のそなたが学ぶべきは、武術と対を成すもう一つのものじゃ。まっ、これは言わずともわかるであろう？」

そう問われた俺は、一つの答えに思い当たった。

「もしかして……魔術か……⁉」

物理の次は魔法、と。確かに納得《なっとく》できる流れだ。

そしてそれを察した俺は、はっきり言って興奮していた。時間停止、精神操作、肉体修復、その他もろもろ……この世界に来て１００年。俺はフェリスの凄《すさ》まじい魔法の数々を間近で見てきた。そして俺も男子である以上、それに憧《あこが》れないわけがない。これまでの地味な修行に比べれば俄然《がぜん》モチベも上がるというもの。

……が、どうやら少々勇み足だったらしい。

「おしいのぅ。学ぶのは魔術ではない、魔力《まりょく》についてじゃ」

「……それ、どう違《ちが》うんだ？」

「ふむ、そうじゃのう……武術を振るうためには大前提として筋力が必要じゃろ？　それと同じこと。魔術を行使するために必要なのが魔力なのじゃよ」

うーん、わかるようなわからないような……まあなんにせよ、魔法を習得する流れに間違いはないらしい。これはいよいよ異世界っぽくなってきたな、と胸が高鳴る。……ただ、そこで少しだけ不安がよぎった。

「あ……でもさ、俺《おれ》、魔力とか魔術とか、これっぽっちもわからないんだけど……」

肉体制御《せいぎょ》の修行をどうにかこなせたのは、それが日常的にやっていた動作の延長線上にあったからだ。だが、魔法となると話は別。これまでの生涯《しょうがい》で一度たりとも使ったことないのだ、正直不安である。

だが、フェリスは優《やさ》しく微笑んだ。

「安心せよ。それを教えるためにわしがいるのじゃ。……それにのう、魔法とはそなたが考えているほど難しくはないぞ」

「え、そうなのか?!」

「うむ。そもそも魔力とは特別なものではない。ごくごくありふれたものじゃ。扱いとてそう難しくはないのじゃよ。まあ、そなたの世界だけは例外じゃったが……ここであれば、そなたにとっては呼吸とおなじぐらい簡単に扱えるはずじゃぞ」

「おお、マジか！」

なんと旨《うま》い話があったものだ。……ただ、そこで一つ疑念が浮かんだ。

「あれ？　でも、今まで魔法っぽいの使えたことないけど……」

停止時間の中とは言え、この世界にはもう百年近くいる。だが一度だって魔力やら魔法やらを使えたことなどない。呼吸同然の自然な行為《こうい》だというのなら、何かのはずみで使っていてもおかしくないはずなのに……

するとフェリスはさらりと答えた。

「そりゃそうじゃ。魔力に関する一切をわしが封《ふう》じておったからのう」

「は⁉　なんでそんなこと……⁉」

まさかの意地悪か？　と思ったが、もちろんそんなことはなかった。

「物事には順序というものがあるのじゃよ。実際、そなたの魔力適正は超一級品じゃ。放っておいてもそこらの魔術師《まじゅつし》などとは比べ物にならぬレベルで強くなるじゃろう。……が、それではこのわしには届かぬ。健《すこ》やかな木の成長には、適切な場所と、適切な気温と、適切な栄養が必要なように、そなたの魔力にもまた適切なタイミングというものがあるのじゃ」

「ふうん……」

完全に納得できるかというとそうではないが、フェリスがそう言うのならそうなのだろう。

まあなんにせよ、またしても時間がかかりそうということはよく伝わって来た。

「はあ……ってことは、また100年基礎《きそ》訓練かぁ……」

と肩を落とすと、フェリスは笑いながら首を振った。

「ははは、何を言っておる。そんなわけないじゃろ？」

「え、ほんとか?!」

なら意外とあっさり習得できるのか、と期待するが、そんなうまい話があるはずもなかった。

「100年どころで済むはずなかろう。まあ短く見積もっても最低1万年じゃな！　くはははははは！」

「………………」

かくして途方《とほう》もない魔力修行《まりよくしゆぎよう》が始まったのだった。

「よいか、魔力とは喩《たと》えるならば〝色〟……もしくは〝音〟のようなものじゃ。それは自然界に当たり前に存在し、そして己のうちにもまたあるもの。鼓動《こどう》、呼吸音、筋線維《せんい》の収縮……耳を澄《す》ませば聞こえてくるじゃろう？　それらと同じじゃ。まずは己の内側に耳を澄ませ、感じてみよ。封印《ふういん》を解いた今であれば、決して難しくはないはずじゃぞ」

本当だろうか、と半信半疑のまま俺は目を閉じる。

最初、これといって感じるものなどなかった。自分の心臓や血管の動く音が聞こえてくるだけ。……だが、徐々《じよじよ》に気づいた。鼓動と一緒《いつしよ》に脈打つ温かな何か。脈動と共に流れる緩やかな何か。体温と溶け合って感じる穏やかな何か――全身の隅々に、俺の知らない何かが在るのだ。

「あれ、なんか、わかるかも……？」

「うむ、そうじゃろうな。魔力を感じるのは赤子でもできる、ごく当たり前のことじゃ。そなたが生まれながらに音や色を感じられるのと同じ自然な感覚なのじゃよ」

確かにフェリスの言う通り、何の難しいこともない。今までは本当にただ封じられていたせいで気づかなかっただけらしい。

しかも、俺はさらに気づいてしまった。手を動かしたり、声を発したりするのと同じ。ただ『そうしたい』と意識するだけで、体内の魔力を好きに動かせることに。これならきっと、魔法なんて簡単だ。一万年もかかるなんて思えない。

だが……

「ふむ、やはり魔力を御《ぎょ》すのも本能的に可能か。魔力とはすなわち、あらゆる現象を引き起こす根源的可能性の塊《かたまり》。今そなたがやっているように、魔力を律し操《あやつ》ることで魔術を行使することが可能となるのじゃ」

と淡々《たんたん》と説明したフェリスは、「じゃが……」と付け加えた。

「――そなたには、まだ早い」

そうして何かの呪文を呟くフェリス。——次の瞬間、あれだけ簡単に動かせていた魔力がぴくりともしなくなった。感じることはできるのに、俺の意思に従ってくれなくなってしまったのだ。恐らくは魔力操作だけを封じられたのだろう。

「お、おい、なんで……!?」

「言ったじゃろう。順序が大事じゃと」

と言って、フェリスは不意に指先に炎《ほのお》を灯《とも》して見せた。

「この炎魔術《ほのおまじゅつ》、何種類の魔力から構築されていると思う?」

突然《とつぜん》の出題に面食らったが、きっとこれも試験の一つ。もし正解できれば次のステップに進ませてもらえるはず。俺は真剣《しんけん》に感覚を研《と》ぎ澄ませる。

一見すると感じられる魔力は一種類。ほんの一センチほどの小さな炎だ。そもそも込められる魔力なんてたかが知れているはず。……だが、よくよく耳を澄ませると、聴《き》こえてくる音《魔力》は一つじゃない。一、二、三……いや、四つ。この炎は四つの複合音でできている。

「四つ、か……?」

俺が答えると、フェリスは満足気に笑った。

「うむ、上出来じゃ。……だが、不正解。——正解は三十万。この魔術は三十万種の魔力で生成しておる」

「さ、三十万……!?」

この小さな炎に、そんな種類の魔力が？　答えを教えてもらった後でも、俺にはやはり四種類しか識別できない。

そこでふと、中学の頃に受けた英語の授業を思い出した。『日本人は《r》と《l》の子音《しいん》を区別できない』――要は《r》と《l》の使い分けのない言語体系に慣れた日本人は、両者を識別する能力を失ってしまったという話だ。

規模は全く違えど、恐らくこの魔力でも同じことが起きているのだろう。魔力感知に熟達したフェリスには、俺とは全然違う世界が視《み》えているのだ。

「そなたならこれで察してくれたであろう？　雑にしか魔力を感じられぬ者に、繊細《せんさい》な魔術は行使できぬ。まずは魔力を知り、その感覚を育《はぐ》むこと。それがそなたのやるべきことじゃ」

そこから先はひたすら魔力の認知《にんち》を訓練した。

自分の中にある魔力、世界の各所に漂《ただよ》う魔力、フェリスが生み出す魔力……あらゆる種類の魔力に触れると同時に、その感じ方も養っていく。音のように感じる方法。色でイメージする方法。匂いとして認識《にんしき》する方法。それらをひたすらに繰《く》り返すこと三百年、次は己の根源から魔力を生成する術《すべ》を学び、そしてようやく魔力を動かすステップへと進んだ。

ただし、魔法として行使することはまだ禁止されたまま。大きく、小さく、速く、遅《おそ》く、多く、少なく……様々なイメージで動かす方法だけを教え込まれたのだ。

ちなみに、その課程を修了《しゅうりょう》するまでにかかった時間はおよそ一万年。正直、これにはかなり参った。はっきり言って地味な修行だし、何より全然強くなっていない。一万年もかけて俺はまだちっぽけな炎一つ生み出せないまま。『成長率1000倍の秘薬』だの『身に着けるだけで経験値が得られる腕輪《うでわ》』だのを使いまくっているのに、まったく成長が実感できないのだ。

……っていうか、そもそもの話。異世界転移したらすごいチート能力をもらえるのがお約束だろ？　なぜわざわざこんな地味な修行をしなければならないのか？

ある日耐えきれずにそれを口にすると、フェリスはけろりと答えるのだった。

「なに、チート能力が欲《ほ》しいじゃと？　《固有異能《オリジン・スキル》》のことか？　残念じゃが、あれは無理じゃ。転移者に固有異能を与《あた》えるのは女神族だけの秘儀《ひぎ》。奴《やつ》らは人間とも魔族ともまた違う理《ことわり》の下にいる者じゃからのう。いかなわしとて易々《やすやす》とは真似《まね》できぬのじゃよ」

と肩《かた》を竦《すく》めたフェリスは、それからキッと眉根《まゆね》を吊《つ》り上げた。

「第一、そうやって楽しようとする魂胆《こんたん》は言語道断！　ほれ、くだらぬこと言っとらんで練習じゃ！」

「ひえっ……」

こうしてチート能力はおあずけに。俺の基礎訓練はそこからさらにもう五千年続く羽目に。

だがそこからはようやく実践編《じっせんへん》へと移っていった。魔力を駆使《くし》した剣術《けんじゅつ》や槍術《そうじゅつ》に始まり、具体的な魔法の行使、そして実戦形式の訓練まで。基本的にはフェリスが創《つく》った訓練用ゴーレムとの戦いだが、時には彼女《かのじょ》自身が直接相手をしてくれることもあった。といっても、フェリスとの組手では毎回一方的にボコボコにされるだけ。半分いじめである。向こうは本気の一パーセントだって出していないだろうに。

ただそれでも、俺は嬉《うれ》しかった。これまでの基礎訓練とは違って、確実にできることが増えていくのだから。

そうして激化する訓練の合間に、これといった娯楽《ごらく》なんてものはない。なにせここは《廃棄世界》……何もない空っぽの地だ。テレビやラジオはもちろん、本だって魔導書以外には残っていない。スポーツでもしようにも、俺とフェリスの二人でサッカーでもやれと言うのか？　だから俺たちにとって残された唯一《ゆいいつ》の娯楽は、二人で話をすることだった。

といっても、フェリスはこちらの話を聞きたがるばかり。だから喋《しゃべ》るのはもっぱら俺の役目。学校でのこと、家でのこと、好きだった漫画《まんが》のこと。つっても、俺の人生なんて平々凡々《へいへいぼんぼん》。これといった大冒険《だいぼうけん》もなければ、胸躍《おど》るロマンスも当然ない。だから俺の話など、自分でも飽《あ》きるぐらいに退屈《たいくつ》な内容だった。ファンタジー世界に生きてきた魔王様にとってはなおさら聞く価値もない話だったろう。

けれど、フェリスはそんな俺の話をなぜか聞きたがった。そしていつも楽しそうに頷いてくれるのだ。特にお気に入りだったのは、昔うちで飼っていた黒猫《くろねこ》の話。「あの愛くるしい生き物は奇跡《きせき》の結晶じゃ！」とのこと。そうやって言葉を交《か》わしていると、フェリスがどこにでもいる普通の女性のように思えてしまう。

でも確かな事実は一つ。彼女が数多《あまた》の世界を滅ぼし、無数の命を摘《つ》んだこと。フェリスの普通な側面を知れば知るほど、その事実が重く心にのしかかってくる。

こうしている姿は嘘《うそ》？　それともやむにやまれぬ事情があったのか？　疑念は積もっていくばかり。彼女は決して自分の話をしようとせず、そして臆病《おくびょう》な俺もまた、彼女に聞けないでいた。……そうだ、真実を聞いてしまうのが恐ろしかったのだ。

最初は下手なことを聞いて殺されるのが怖《こわ》かった。

次は今の関係が壊《こわ》れるのが怖かった。

そしてその次は、聞くことで彼女を傷つけてしまうのが怖かった。

だから……それ《真相》をちゃんと聞けたのは、初めての出会いから二万と五千年が過ぎた後だった。

「なあ、フェリス。……なんで殺した？」

いつもの訓練の後、俺は何の脈絡《みゃくらく》もなくそれを尋ねた。

フェリスは誤魔化《ごまか》すことも聞き返すこともしなかった。まるで最初からその問いが来るのを知っていたかのように。……いや、待っていたというべきだろうか。

いずれにせよ、フェリスは俺の目を真《ま》っ直《す》ぐに見て答えた。

「答えは簡単じゃ。——わしが魔王だから。わしはそういう風に創られた。世界を滅ぼす終末の剣として。すべてを崩壊《ほうかい》させる力の塊として。それこそが我《わ》が本質にして根源。わしはな、ただの兵器なのじゃよ」

「でも、お前は……」

俺とフェリスは今こうして会話をしている。心のないただの兵器だなんて信じられない。

そんな俺の疑念を察してか、フェリスは先んじて答えた。

「こうしてそなたと話しているこの自我《じが》は、役目を果たした後でたまたま生まれたまがい物じゃ。そなたらの世界ではバグと呼ぶような代物《しろもの》じゃな。じゃから、わしがこうして自我を得た時にはもう……すべては壊れておった」

フェリスの瞳《ひとみ》が遠くを見る。その眼があまりに寂《さび》しくて、俺は思わず口を挟《はさ》んだ。

「な、なら、お前のせいじゃないってことだよな⁉　全部お前を創ったやつらが悪くて――」

「――ほお、そう思うか？　この死地と化した世界に埋まった、数多の無辜《むこ》なる屍《しかばね》を前に、本当にわしに罪はない、と？」

そう問われ、俺は言葉を失う。どこまでも真っ直ぐなフェリスの瞳を見てしまっては、嘘をつくなどできはしなかった。

「……なら……死にたいってのは……その罪を償《つぐな》うためか……？」

恐《おそ》る恐る口にしたその問いに、しかし、フェリスは笑って首を振《ふ》った。

「くくく……わしがそんな殊勝《しゅしょう》に見えるか？　わしは魔王じゃ。自我を得た今でも、その本質は決して変わらぬ。他者の痛みも、喜びも、わしには関係のないことよ」

と、フェリスは顔色一つ変えずそう答える。

正直俺は他人の気持ちに敏感《びんかん》なたちではないし、女心とかそういうのも全然わからない。だがそれでも、彼女とはずっと一緒に過ごしてきた。だから……なんとなくわかる。

「……嘘、つくなよ」

昔がどうだったかは知らない。だが少なくとも、今の彼女には心がある。無関心だなんてことは決してない。それでもなお嘘を演じるのは……きっと、それが彼女の贖罪《しょくざい》だからだ。

謝《あやま》らず、省《かえり》みず、赦《ゆる》しを求めることさえしない。絶対的な悪であり続けること。そして最期《さいご》には……悪《あ》しき魔王として勇者に討《う》たれる。それこそが貫《つらぬ》くべき魔王の道にして、すべてを終わらせてしまった彼女にとって唯一の贖罪なのだろう。ただ一つ哀《あわ》れなのは、それがどこまで行っても自己満足でしかないと、他でもない彼女自身が知っていること――

「くくく……そうか、そう思ってくれるのか？　優しいのう、おぬしは。しかしな、真実も正解もまがい物のわしにはわかりはせぬ。ただ一つ確かなのは……そうさな、この悠久《ゆうきゅう》の牢獄《ろうごく》に、少しだけ疲《つか》れたということかのう……」

と、フェリスはぽつりと呟く。

一体どれほどの時を、彼女はこの不毛の地で過ごしてきたのだろうか。そんな彼女にかけるべき言葉など、俺なんかが持ち合わせているはずもなかった。二万年生きてきたと言ったって、フェリス以外と喋る機会もなく、ただ戦い方を学んでいただけ。中身なんてまだ十五のガキのままだ。そんな俺に何が言えようか。

そうして言葉に窮《きゅう》した俺へ、フェリスはふっと笑いかけた。

「さあ、もう休め。明日から本格的な戦闘《せんとう》訓練じゃからのう」

その言葉通り、それからの訓練はさらに険しさを増した。

時間停止魔法の防衛法、事象改変の妨害法《ぼうがい》、光速を超《こ》える技への対処法……フェリスは己の持つ秘技のすべてを打破する方法を俺に教えてくれた。

「よいか、そなたが目指すのは破壊者《はかいしゃ》ではない。ゆえに時間を止められる必要はない。時間停止に対抗《たいこう》する術を身につければそれでよいのじゃ」

とフェリスは言うが、対抗魔術《たいこうまじゅつ》だからといって簡単というわけでもない。物を創る方が壊す方よりも難しいように、時には対抗術式の方が困難なことも多々あった。しかもこのレベルまで来ると、会得《えとく》するための心身の負荷《ふか》も尋常《じんじょう》では済まなくなる。肉体的に死んだ回数は万を超え、精神が崩壊したのも含めれば億にも届くだろう。

だがそれでも俺はひたすらに鍛錬に打ち込んだ。訓練が激しさを増すごとに、いよいよ彼女との戦いが近づいているとわかったからだ。

そしてさらに一万年の修行を重ね、実時間にしてちょうど三年が経った後――

「――さて、頃合《ころあ》いかのう」

ある晴れた日の朝。フェリスがなんてことのない調子で呟く。

だが、その意味の重さを俺は知っていた。――ついに終わりの時が来たのだ。

自分を殺すために勇者を召喚《しょうかん》し、自分を殺すために鍛え上げる。フェリスの覚悟《かくご》と決意がどれほどのものか、俺は痛いほどわかっている。わかっているつもりだ。だけど……俺はどうしても聞かずにはいられなかった。

「本当に……やらなきゃダメか？」

我ながら子供っぽい問いかけだとは思う。だってこれまでの三万年はそのための時間だったのだ。今更覚悟《いまさらかくご》を問い直すなど無礼以外の何物でもない。

けれどフェリスは怒《おこ》ることもなく、むしろくすくすと笑うのだった。

「まったく、情けない泣きべそをかくでない。男の子じゃろう？」

「……かいてねえよ」

「くくく……まだまだ幼子よのう」

そうしてフェリスは、優しく俺の頭を撫《な》でた。

「どうじゃ、少し歩きながら話でもせぬか？」

フェリスの提案で、俺たちは荒野《こうや》を歩き始めた。初めてこの異世界に来た時と同じ道を、二人一緒に。あの日と同じ距離《きょり》感で。あの日と同じ歩幅《ほはば》で。あの日と同じペースで。

そうして歩調を合わせながら、フェリスは不意に口を開いた。

「そなたなら気づいておったじゃろうが……わしは完全に根源の支配から脱《だつ》したわけではない。魔王としての破壊衝動《はかいしょうどう》は、今なおわしの魂を縛《しば》っておる」

「………………」

フェリスの言う通り、俺はそれに気づいていた。魔力を精密に感じ取れるようになった頃《ころ》から、時折彼女の魔力が激しく乱れるのを感じていたのだ。だから俺は知っている。これまでフェリスが必死でその衝動を抑《おさ》え込んでいたことも、それが限界に近付いていることも。

「この仮初《かりそめ》の自我も、もう長くはもたぬ。そしてひとたび破壊衝動に呑《の》まれれば、わしは再びすべてを壊すじゃろう。もちろん、そなたもな」

「……それでも構わないって言ったら？」

「くくく、そなたは優しいからのぅ。わしにそんなことをさせないのはわかっておる」

と、フェリスは見透《みす》かしたように笑う。俺はそれが悔《くや》しくて唇《くちびる》を噛《か》んだ。

「……お前は残酷《ざんこく》だな」

「くはははは、そりゃそうじゃ。わしは魔王じゃからな！　だいたい、悪しき魔王を討つのじゃぞ？　勇みこそすれ、ためらう道理などあるまい。それともなんじゃ？　よもや暴《ぼう》虐《ぎゃく》なる廃棄魔王に情でも移ったか？」

そうやってフェリスは茶《ちゃ》化《か》すけれど、俺はそれを否定する気はなかった。

「三万年も一緒にいたんだぞ。情ぐらい移るだろ、普通《ふつう》」

「……！　くくくっ……『普通』……普通か……わしには最も縁遠《えんどお》い言葉じゃと思ってお

ったのにのぅ」

と遠くを見たフェリスは、とても穏《おだ》やかに微笑《ほほえ》んだ。

「改めて礼を言うぞ、恭弥。そなたと出会ってからの三万年、実に愉快《ゆかい》であった。自我を得て初めて他者と会い、初めて共に生きた。おぬしと過ごした一瞬一瞬《いっしゅんいっしゅん》が、おぬしと語り合った一言一言が、心より幸福であったぞ」

フェリスはどこまでも満足気に笑うけれど、俺はそんな風には笑えない。

自分を殺す相手と出会えて幸せだと？　そんな幸福があってたまるか。悲劇で終わる幸せなんて俺には認められない。そこまで大人じゃないから。

だから……彼女を困らせるとわかっていてなお、俺は問うてしまった。

「俺じゃ……お前の生きる理由にはなれないか……?!」

その瞬間《しゅんかん》、フェリスはきょとんと眼を瞬《しばた》かせる。そして俺の言葉の意味を理解したのか、それから柔《やわ》らかく微笑んだ。

「そういえば、この話はしていなかったのう。なぜ数多《あまた》の人間の中から、選び出したのがそなたであったのか。……答えはのぅ、誰《だれ》でも良かったのじゃ。70億の中からたまたま最初に召喚に応じたのがそなたであった。それだけのことよ」

フェリスの言葉が胸に突き刺《さ》さる。『誰でも良かった。だから無駄《むだ》な感情など捨てて、己の役目を果たせ』……そう言いたいのだろうか？

けれど、彼女の言葉にはまだ続きがあった。

「――だがのう、今はこう思う。心から……そなたでよかった、と――」

そうして俺たちは、初めて出会ったその場所へとたどり着いた。

「ようこそ、勇者よ――さあ、わしを殺しておくれ」

初めて出会った時と同じ笑顔《えがお》。初めて出会った時と同じ言葉。それが彼女の返答なのだと否応《いやおう》なく理解する。

だったら、俺の答えも決まっている。いや、ずっと前から決まっていたのだ。そう、きっと、三万年前のあの日から。

俺はゆっくりと剣を引き抜《ぬ》いて――最後の戦いが幕を開けた。

戦端《せんたん》が開かれるや否《いな》や、フェリスの魔力が強烈《きょうれつ》な邪気《じゃき》を帯びる。造られし魔王《まおう》の本能が目を覚ましたのだ。もはや眼前の女は俺の知るフェリスではなかった。冷徹《れいてつ》に、かつ、徹《てっ》底的《ていてき》に。あらんかぎりの力をもって敵対者を屠《ほふ》る殺戮《さつりく》兵器。そこには慈悲《じひ》も同情もない。まさに王の名を冠《かん》するに足る破壊《はかい》の権化《ごんげ》そのものだ。彼女の暴力はもはや〝戦闘〟などと呼べる域を遥《はる》かに超えていた。

フェリスが腕《うで》を振るうたびに空は割れ、足を踏《ふ》み鳴らすたびに大地が裂《さ》ける。投げかける呪詛《じゅそ》は海を干上《ひあ》がらせ、射貫く眼光は星々さえも砕《くだ》いた。時間、空間、過去、未来、あらゆる物質とあらゆる現象……それらすべてを支配する圧倒的《あっとうてき》な暴力。世界一つを焦土《しょうど》と化すなど、彼女にとってどれほど容易《たやす》いことか。

だけど、俺はその暴威《ぼうい》に対抗する術を知っていた。

俺に空は割れない。だけど空を割る刃《やいば》を躱《かわ》すことはできる。

俺に大地は裂けない。だけど大地を裂く呪文を止めることはできる。

未来予知、時間操作、空間掌握《しょうあく》、事象改変……究極と呼ぶに足る魔王の秘技の数々を、俺はことごとく打ち破る。それは不思議でも何でもない。他でもない彼女自身からそうできるように仕込まれたのだから。

そう、俺は最強の魔王が鍛《きた》え上げた、最強の魔王を殺すためのアンチテーゼ《勇者》。それこそが俺に与えられた役目であり、そのためだけにひたすら示された道を歩んできた。

ゆえに、そう――この結末はある意味で、三万年も前から決まっていた必然なのであった。

「……よくぞ……ここまで……」

戦闘が始まってから七日と七晩。

壊れた世界の荒野にて、フェリスは静かに横たわっていた。

激しい戦いの末、互《たが》いの体はもうぼろぼろ。どちらも全霊《ぜんれい》を尽《つ》くして満身創痍《まんしんそうい》だ。……だがそれでも、最後に立っていたのは俺だった。

「さあ……とどめを。わしの力が失われれば……そなたを呼び出した契約《けいやく》も消える……元の世界へ戻《もど》るのじゃ……」

と途切《とぎ》れかけの声で呟いたフェリスは、それから小さく付け加えた。

「……すまなんだのぅ、これまで付き合わせてしまって……」

そう囁《ささや》くフェリスの表情はどこまでも穏やかで、幸せそうでさえある。彼女は今、ずっと待ち望んでいた普通の死を迎《むか》えようとしているのだ。

そして俺はと言えば……その顔に腹が立って仕方がなかった。

「……なんだよ、それ……なに謝ってんだよ……」

「……恭弥……？」

感情をコントロールする訓練はたくさんこなした。だけど今は、今だけは、この怒《いか》りがどうしても抑えられなかった。

――最後の言葉が『すまなかった』だと？

「ふざけんなっ！　本当にすまないと思うなら生きろ！　生きてくれよ！」

「くくく……これ以上まだ生き永らえよと？　三千の世界を壊し、数え切れぬ命を摘んだこのわしに、生きることを強《し》いるのか？　なかなかに酷《こく》な冗談《じょうだん》を言うではないか……」

とフェリスは笑う。

ああそうだ、わかってる。彼女にとって死こそが救済。それを自分のために生かすのは身勝手以外の何物でもない。……だが、勝手なのはお互い様《さま》だろ？

「うるせえ！　勝手に連れて来て、勝手に三万年も付き合わせたのはそっちだろうが！　だったらあと１００年ぐらい、こっちにも付き合いやがれ!!」

そこで何かに気づいたのだろう、フェリスが微《かす》かに眉《まゆ》を顰《ひそ》める。

「ま、待て……そなた、一体何をする気じゃ……？」

「決まってんだろ！　お前が自分の根源に縛られてるって言うのなら、それをぶっ壊す！　お前のその自我だけを魂《たましい》から切り離《はな》すんだよ！」

「ははは……何を言っておる。そんなことできるはずがなかろう。わしほどの魂を砕くなど、それこそ世界を破壊《はかい》するのも同然。そなたの力ではまだ……」

と言いかけて、フェリスはハッと口をつぐむ。俺のやろうとしていることを察したらしい。

「……いや、まさか……アレを使う気か……?!」

その瞬間、フェリスの顔色が変わった。

「よせ、そなたにはまだ無理じゃ！　失敗すればそなたの魂ごと消え去るぞ！」

そんなこと言われなくてもわかってる。だけど……

「舐《な》めんじゃねえ！　俺は最強の魔王に育てられた勇者だぞ……！」

俺は残った魔力を奮い立たせる。

今からやろうとしていることは、文字通り命懸《いのちが》けの大博打《おおばくち》。もちろん怖い、当たり前だ。

俺はそんなに勇敢《ゆうかん》じゃないから。だけど……フェリスがいない世界の方が、もっと怖い
――！

「俺の世界の常識じゃな、魔王ってのは協力者に世界の半分をよこすのがルールなんだよ！　だから……過去も、未来も、その罪も――お前の半分、俺によこせ!!!」

宙空に描《えが》き出すは《万宝殿》の扉《とびら》。そして俺は、ありったけの魔力であるものを呼び寄せた。

「来い、《災いなす古き枝《ラーヴァアンクィン》》――!!」

刹那《せつな》、右手に現れる終末の魔剣《まけん》。あのフェリスでさえ〝危険〟と断ずる混沌《こんとん》の権化にして、根源さえも喰《く》い殺す世界で最も邪悪《じゃあく》な刃。俺はこの日のために、フェリスにさえバレないようずっとこいつを御する訓練をしていたのだ。

そうして俺の右手が《ラーヴァンクイン》を掴む。その瞬間、全身を凄まじい虚脱感《きょだつかん》が襲《おそ》った。魔力、気力、生命力……俺の持つすべてが根こそぎ剣に食われていく感触《かんしょく》。気を抜けば一瞬《いっしゅん》で意識までもが持っていかれそうになる。

お前のレベルではまだ早い――魔剣はそう嘲笑《あざわら》っているのだ。事実、これまでの訓練では一度たりともこいつを使いこなせたことはなかった。

だけど、それがどうした？

『まだ早い』とか、『もっとレベルが上がってから』とか、『いつの日かきっと』とか、そういうのはもううんざりだ。フェリスがいなくなった後に使えたって、何の意味もない。

――今だ。今じゃなきゃダメなんだ。

「はああああああ!!!」

悲鳴をあげる全身。警告する本能。それらを全部無視して《ラーヴァンクイン》を振り上げる。心身の消耗《しょうもう》はさらに加速し、魔剣が不適格な主を殺そうとしているのを強く感じる。だから……俺は抵抗《ていこう》するのをやめた。いやむしろ、自分から全身全霊《ぜんしんぜんれい》すべての力を魔剣へと注ぎ込む。

俺が欲しいというのならくれてやる。殺したいのならば殺させてやる。その程度の対価でいいのなら、ああ、なんと安いものか。

だから——今だけは——この俺に従え——！

刹那、あれだけ重かった魔剣が不意に軽くなる。剣が俺の意思に屈《くっ》したのか、それとも単なる気まぐれか……この際どちらだって構わない。俺は全力で《ラーヴァンクイン》を振り下ろす。斬《き》るべき対象はただ一つ。魔王として造られしフェリスの根源。その片隅《かたすみ》にある、純粋《じゅんすい》な彼女の心だけを残して。

そうして放たれる全霊の一撃《いちげき》。最凶の魔剣が描く剣閃は、あらゆる不条理を屠る光となって——次の瞬間、世界からすべてが消え去った。

何も見えない。

何も聞こえない。

何も感じない。

それは俺が死んでしまったせいか、それとも世界が壊れてしまったせいか、もしくは……その両方か。

……と、そんな空白の世界にて不意に声がした。

「——まったく、無茶《むちゃ》をするのう……」

瞬間、世界が突然色を取り戻す。相も変わらぬ壊れた世界で、俺は仰向《あおむ》けに倒《たお》れていた。ちょうど初めて来た時と同じように。

そして慌《あわ》てて起き上がった俺の前にいたのは……一匹《ぴき》の黒猫だった。

「……お、お前、もしかして……フェリス、なのか……？」

俺は思わず目を瞬かせる。眼前のソレはどこからどう見ても普通の黒猫。だが、そいつは尻尾《しっぽ》をふりふり笑うのだった。

「くっくっく、どうじゃ、かわいかろぅ？」

「かわいいって、お前……なんでそんな姿にっ?!」

「むう、なんでとは失敬な、そなたのせいじゃぞ？　《ラーヴァンクイン》《そんなもの》まで持ち出しおって、わしの力が根こそぎ食いちぎられてしまったではないか。もはや人型を保つことすらできぬ。まったく、このわしがかような辱《はずかし》めを受けるとはのぅ」

といつもの調子で詰《なじ》った後、フェリスはふっと笑った。

「ああ、そうじゃ……わしはすべてを失った。力も、制約も、使命も、呪《のろ》いも、すべて。……今はとても、身が軽い」

その言葉を聞いて俺は理解した。

「なら、俺は成功したのか……？」

「くっくっく、うぬぼれるでない。半分といったところじゃ。最後にわしが手を貸さねば、二人して世界ごと消えておったところじゃな。まったく、あの臆病な小僧《こぞう》が、よもやかような無茶をするとは思わなんだぞ」

「あ、いや、すまん……」

やっぱりというべきか、俺《おれ》一人では失敗していたらしい。もしもあのままだったらと考えると、今更《いまさら》ながらに肝《きも》が冷える。

「じゃが……まあ、そうじゃな。――よくやった。ありがとう、恭弥」

そう微笑む黒猫の表情には、確かにフェリスの面影《おもかげ》が。

ああ、それだけで命を賭《と》した甲斐《かい》があったというものだ。

「にしても……困ったのぅ」

「？　何がだ……？」

ムムム、と急に悩《なや》み始めるフェリス。思わず尋《たず》ねると、黒猫はぽつりと答えた。

「実はのぅ……こうしていざ根源から解き放たれてみれば、これから何をしていいのかわからぬのじゃ」

と、フェリスは途方に暮れたように空を見上げる。こんな弱音を吐《は》く彼女の姿など初めて見る。だが、考えてみれば当たり前だ。彼女はずっと魔王としての根源に縛られ、自我を得た後もひたすらそれに抗《あらが》ってきたのだ。本当の自由を手に入れたのは生まれて初めて。どうしていいかわからなくなるのも無理はない。

だから……俺は一つの提案をした。

「なあ、一緒に俺の世界に来ないか？　そんでさ、今度は俺が〝普通な毎日〟ってのをお前に教えてやるよ！」

それはずっと前から考えていたこと。フェリスと一緒に元の世界へ帰れたら、きっとそれは素晴《すば》らしいことだ、と。

「……ま、まあ、もちろんお前が嫌《いや》じゃなければ、だけど……」

と、提案は尻《しり》すぼみに消えていく。ぶっちゃけ、断られた後のことは一切《いっさい》考えていなかった。『嫌じゃ』と一刀両断されたらどうしよう。

すると……フェリスはなぜか笑い転げ始めた。

「くくくっ、あれだけ大見得《おおみえ》を切っておいて、そこでまた臆《おく》すのか？　『お前はもう俺の女だ！』ぐらい言ってのければよいものを」

「い、いや、無理矢理《むりやり》従わせるのは良くないっていうか……」

と答えると、フェリスはまたしても大笑い。一体何がおかしいのか。普通の人権感覚だろうが。

そうしてひとしきり笑ったフェリスは、それからふと呟《つぶや》いた。

「そうじゃのぅ……そなたの生まれた世界か……それもまたよいじゃろう。――ついていくぞ、恭弥。なにせ、わしの半分はもうそなたのものなのじゃろう？」

「あ、ああ……！」

良かった、と俺は心から安堵《あんど》する。

だが気を抜いてばかりもいられない。そうと決まれば色々とやることがあるのだ。

「じゃあさっそく転移術式の用意からだな！　けど、一から生成となるとなぁ……結構時間かかるぞこれ……」

俺は数多くの対抗術式を仕込まれた。その中でも術式改変ならば割と得意である。が、ゼロから作り出すのはあまり教わらなかった分野だ。短く見積もっても数十年はかかるだろうか。

だが、フェリスは首を横に振った。

「いいや、そこまで難しくはなさそうじゃぞ」

「え？」

「必要ないゆえ言わなかったがのぅ、近頃《ちかごろ》このあたりで大規模な時空魔術《まじゅつ》が頻発《ひんぱつ》しておる。それも、おぬしの世界へと続くものじゃ。恐らくは女神《めがみ》どもの使っている転移門《ゲート》じゃな。……くっくっく、奴ら、時空魔術を専売特許と勘違《かんちが》いしておる。防御《ぼうぎょ》は手薄《てうす》じゃ。便乗するのは容易いじゃろう」

「なら……！」

「ふふふ、早速《さっそく》旅の準備が必要なようじゃのう！」

たとえ他人の物であろうと、利用できるものはなんでも利用するのが魔族《まぞく》式。そうして待つこと僅《わず》か三日、フェリスの言う通り時空振動《しんどう》を感知した。ゲートとやらが開かれたのだろう。俺はすぐさま時空の歪《ゆが》みを掴《つか》むと、その流れにこっそり便乗する。もちろん簡単なことではないが……廃棄魔王との殺し合いに比べればお茶の子さいさいというやつだ。

かくして時空のうねりに身を任せた俺たちは、光の粒子《りゅうし》となって廃棄世界を後にする。そうして刹那の旅路の果て、たどり着いた場所は——

「は、ははは……マジで戻って来れた……！」

行き交う自動車、立ち並ぶ高層ビル、ひしめき合う人の波——それは魔法《まほう》のマの字もない、懐《なつ》かしき元の世界。他でもない日本だ。実時間にして約三年、体感時間とすれば実に三万年ぶりの帰郷である。

帰り着いたこの場所で、フェリスと一緒《いっしょ》の新しい平和な暮らしが始まるのだ！

……が、残念ながらそうは問屋が卸《おろ》さなかった。久々の帰郷を喜ぶのも束《つか》の間《ま》、不意に転移魔術の反応が。

「……！　なんだ……?!」

次の瞬間、俺とフェリスを囲むように現れる数人の男。――一目でわかる。全員かなりの手練《てだ》れだ。

そうして現れた男たちは淡々《たんたん》と告げるのだった。

「我々は転移者管理委員会の者です。異世界帰還者《きかんしゃ》の方ですね？」

「え、あ、まあ……」

「では、こちらをどうぞ」

と言って渡《わた》されたのは一通の封筒《ふうとう》。そこには『国立ユグラシア学園』という文字が。

「えっと、これって……？」

「詳細《しょうさい》は学園へいらしてから。日時は封書《ふうしょ》の通りに。厳守でお願いします」

「え、あの、ちょっと……」

「それと念のため申し上げておきますが……あなたに拒否権《きょひけん》はありません。では」

一方的にそれだけを告げて、男たちはさっさと引き上げていく。残された俺は目を丸くするばかり。学園？　管理委員？　一体何が起きてるんだ？

そうして封筒片手に立ち尽くす俺の耳元で、フェリスは楽しげに囁いた。

「ククク……どうやら〝普通な毎日〟とやらはなかなかに遠いようじゃのう？」

「そ、そんなぁ……」

かくして、俺とフェリスの学園入学が決まったのだった。

――――――……

――……

「――いやぁ、思い返すも懐かしいのう。学園に呼ばれた時のそなたの顔ときたら……くふふふふ……」

「――わ、笑うなっての！　他人事じゃねえだろ！」

俺の居室にて。懐かしい昔話を終えたフェリスはくすくすと笑い声をあげる。まったく、人の気も知らないで。

「はあ……こんなはずじゃなかったのに……よりにもよって勇者の巣窟《そうくつ》とは……」

そう、魔王とその眷属《けんぞく》が勇者の本拠地《ほんきょち》にいるのだ。よくよく考えるとこの現状はかなりヤバイ。平穏《へいおん》に暮らすはずが、のっけから計画が狂《くる》ってしまった。

「すまん……普通の毎日を教えてやる、とか大見得切ったのに……」

「ははは、何を言うか。これはこれで楽しめそうではないか。そうやってすぐ謝るのはそなたの悪い癖《くせ》じゃ。おぬしはこの廃棄魔王を倒した最強の勇者じゃぞ？　傍若無人《ぼうじゃくぶじん》なぐらいでちょうどよい。もっと自分に自信をもたぬか！」

「そうは言われてもなあ……三万年間ずーっとお前にボコボコにされてたんだぞ？　自信を持てって方が無理な話だろ」

戦績で言えば100000000敗1勝ぐらい。それも、唯一の勝利だって結局とどめを刺したわけでもない。これで『俺様は最強だ！』とかドヤ顔できるような奴がいたら、それこそよっぽどの阿呆《あほう》だろう。

「まっ、性根《しょうね》は変わらぬか。そこがおぬしの美徳でもあるからのう」

と呆《あき》れ半分に笑ったフェリスは、「それよりも……」と言葉を接《つ》いだ。

「おぬし、これからどうするつもりじゃ？」

「どうするって……？」

「じゃから、わしすら凌駕《りょうが》したその力で、この学園で何を為《な》すかと聞いておるのじゃ。おぬしであれば学園統一でも世界征服《せいふく》でも何でもできるじゃろう？」

「できるかどうかはともかく、そもそも興味ねえよ。……力の果ては十分に見たしな」

世界征服だの最強だの、俺にとってはどうでもいい。だって、その行きつく果てがフェリスを苦しめたあの荒野なのだとしたら……そこに意味なんてないのだから。

「だいたい、俺が目立てば学園は必ずお前にたどり着く。そんなのはごめんだ。だからできるだけ平穏に暮らすさ。戦いは……もう一生分やったしな」

そう答えると、フェリスは少しだけためらった後に言った。

「……よいか、恭弥。力そのものに善悪はない。問題はどう使うかじゃ。わしはそれを違《たが》えたが……そなたは違う。もう少し己を誇《ほこ》ってもよいのじゃぞ?」

フェリスの言うそれは、正直まだピンとは来なかった。だから、俺は曖昧《あいまい》に頷《うなず》くのだった。

「ああ、わかってるさ」

第二章　《固有異能》

学園での初めての夜が明けた。

入学二日目の今日からはいよいよ通常の授業が開始される。チート勇者を集めた学園で
どんな授業が行われるのか……魔王の従僕的立場《じゆうぼく》の俺からしたらある意味恐怖《きようふ》である。

だが何より俺が恐れているのは……

「『目を見てしっかり伝える』『目を見てしっかり伝える』……よし……大丈夫《だいじようぶ》、いける
……」

「恭弥《きようや》よ、さっきから何をぶつぶつ言っておるのじゃ？　気味が悪いぞ？」

教室への道すがら、バッグからひょっこり顔をのぞかせるフェリス。

俺はその鼻先に熟読中の本を突《つ》きつけた。

「ふっ、知りたいか？　こいつが俺の学園攻略本《こうりやくぼん》さ！」

「なになに……『マル秘、コミュニケーションの極意《ごくい》100選』……にゃんじゃ、これ？」

「俺たちは学園に溶《と》け込まないといけない。なら友人作りは必須《ひつす》だろ？」

そう、本格的に学園生活が始まるということは、すなわち同級生たちとの交流も本格化するということ。元々コミュ障気味な上、俺には三万年というブランクがあるのだ。ファーストコンタクトには万全《ばんぜん》を期さねばなるまい。

と、いうことで。

「いざ——お、おはようございますっ！」

本に書いてあった通りに、大きな声ではきはきと。俺は元気に教室のドアを開ける。少々声が裏返ったのはご愛敬《あいきょう》というやつだ。これで第一印象は完璧《かんぺき》になる……はず……が……

「……あれ？」

教室はしーんと静まり返ったまま。というか、そもそも誰もいない。

おかしいな、ときょろきょろしていると、再びフェリスの呆れ声がした。

「当たり前じゃろう。今何時だと思っておる？」

現在時刻は朝の七時。授業開始までまだ一時間以上ある。万全を期する一環《いっかん》として早めに来たのだが……どうにも限度というものがあったようだ。

「まったくおぬしという奴《やつ》は、つくづく小心者よのう。こーゆーのはむしろ遅刻《ちこく》するぐらいが大物感が出るというものじゃぞ」

「そういうもんかなあ？」

　ともかく誰もいないのでは仕方ない。（友達作りの）予習でもして待っていよう、なんて思って適当な席へ腰《こし》かけたその時だった。

「――ふむ、早いですね。でも一番はララなのです」

　教室に木霊《こだま》する少女の声。だが、その主の姿はどこにも見えない。俺は咄嗟《とっさ》に臨戦態勢を取る。まさかステルス？　それとも異次元から？　いずれにせよ恐ろしく高度な隠遁《いんとん》技術だ。これは相当な手練れで……

　とか警戒《けいかい》していた俺は、ふと気づいた。すぐ近くにほんの小さな気配があることに。俺は気配がする教卓《きょうたく》の裏をそっと覗《のぞ》き込む。すると――

「むぅ、何じろじろ見てるですか」

　ちょこんと立っていたのは小さな童女。あどけないおめめにぷっくりほっぺの、どこからどう見ても幼女である。……確か、転移者として選ばれるのは12～18歳《さい》の間だと聞いたことがある。だが、この子はどう見ても6～7歳だ。転移者であるはずがない。ということは……

「……迷子か？」

「違うです。失礼です」

　と、ご機嫌《きげん》斜《なな》めに唇を尖《とが》らせた幼女は、それからふんすと胸を張った。

「ララは女神なのです。とってもえらいのです」

「め、女神……？」

ララ、というらしいその幼女は、なんと女神様であったらしい。

「ほえ～、そりゃすごいね～。……ところで、おうちはどこ？」

「むー、信じてないですね？」

と、ララはジト目でほっぺを膨《ふく》らませる。

「仕方ないです。特別に女神の力を見せてやるです」

と宣言するや否や、むむむ、と集中し始めるララ。――と、その途端《とたん》、幼女の身体《からだ》がふわふわと浮《う》き始める。そして一センチずつのんびりのんびり高度を増していき……数秒後、教卓の上にちょこんと座《すわ》った。

……え？　これだけ？

「……ちょっと休憩《きゅうけい》です」

「あ、そうですか……」

どうやらただの幼女ではないらしいが、女神と呼べるかといえばなかなか怪《あや》しいライン。

なので審判《しんぱん》にお願いすることに。

（おいフェリス、この子、本物か？）

(そうじゃのう、力はかなり微弱《びじゃく》じゃが……紛《まぎ》れもなく女神じゃな)

なるほど。そういうことなら俺が悪かった。

「いやあ、ごめんごめん、女神様なんて見るの初めてだからさ……」

女神はともかくとして、幼女様のご機嫌《きげん》を損《そこ》ねるのは大変だ。俺は素直《すなお》に謝《あやま》る。……が、そこで大きなミスを犯《おか》してしまった。

「……む？　女神族を見たことがない、ですか……？」

「うっ、やべ……」

転移者は普通、女神によって召喚されるもの。勇者であるならみな一度は女神と会ったことがあるはずなのだ。

(今のはまずかったのう。ほれ、ごまかせごまかせ)

「あ、いや、君のように幼くして女神をつとめる優秀《ゆうしゅう》な女神様はあまり見たことがないって意味でありまして……」

と言い訳をするも、時《とき》すでに遅《おそ》し。

「……あやしい」

「くっ……！」

「何か隠《かく》してるですね？　ララは賢《かしこ》い女神なので、騙《だま》されないですよ。特にそのバッグ。

あやしぃにおいがぷんぷんするです！」

この幼女、鋭《するど》い！『何か』、どころか隠れているのはズバリ廃棄魔王である。だが今ここで否定すればそれこそ自白するようなもの。どうするか決めかねているうちに、幼女はとてとてとこちらへ。そしてその小さな手をバッグにかける。

こうなっては致《いた》し方《かた》ない。

（フェリス、ネコのフリだ！）

（な、なぜわしが……）

（いいから、やれ！）

そうしてバッグが開かれた瞬間、フェリスは渾身《こんしん》の猫《ねこ》なで声《ごえ》をあげた。

「にゃ、にゃーん（笑）」

（お前、もうちょっとうまくできるだろ！）

（仕方ないじゃろうが！）

と念話で喧嘩《けんか》している間にも、じーっとフェリスを見つめる幼女。深奥《しんおう》にある真実を見透かすような瞳《ひとみ》に、さしものフェリスもたじたじだ。俺は最悪の事態を覚悟して身構える。

そして女神様が次に口にしたのは……

「も……もふもふですっ!!」

「ふにゃっ?!」

歓喜《かんき》の声と共にぎゅーっとフェリスを抱《だ》きしめるララ。誕生日にぬいぐるみをもらった幼女の如く、すりすりとほおずりまでしている。どうやら本物（大嘘《おおうそ》）の猫を触《さわ》るのは初めてらしい。

（……よし、なんとかなったな！）

（くっ……覚えておれよ……）

そうして幼女と猫の戯《たわむ》れ（？）を眺《なが》めているうちに、次第《しだい》に生徒たちが集まり始めた。

自由奔放《じゆうほんぽう》な元勇者たちのことだ、もっとさぼりが多いものかとも思っていたが、さすがに初日から反抗《はんこう》しまくるということはないらしい。

ただし、集まったのは生徒だけ。肝心《かんじん》の先生がいつまで経《た》ってもやって来ない。『もしや』と思い当たってララに尋ねる。

「も、もしかして、君が先生だったりする……？」

「ふっふっふ、おめがたかいです。でも違います。ララはせんせえより偉《えら》いかんとくやくなのです」

「あ、なるほど……」

よくはわからないが、とりあえず幼女の講義を受ける羽目にはならずに済むらしい。

だけど、それなら教師は一体どこに……？

「——おっ、ちゃんと集まっとるな～？　うんうん、感心感心！」

唐突《とうとつ》に開いたドアから、聞き覚えのある関西弁が飛び込んで来る。続いて現れたのは昨日の執行部員《しっこうぶいん》——葛葉《くずは》であった。

「ん、どうしたん黙《だま》りこくって？　最近の子は指導官に挨拶《あいさつ》もできんのか？」

と促《うなが》され、まばらに挨拶をする俺たち新入生一同。だが教師ではない同じ生徒の登場にみんなしてぽかんとしている。そんな俺たちの表情を見て、葛葉はけらけらと笑った。

「なんやその顔、まさか普通に学校のセンセが来るとでも思っとったんか？　はははは、一般人《いっぱんじん》の大人に君らが教わることなんてなんもないやろ～」

確かにここにいるのはみんなチート能力者。それを鍛えられるとしたら同じ生徒だけだ。

だが、納得《なっとく》すると同時に授業内容が気になって来た。一口に転移勇者と言っても、魔法《まほう》使《つか》いタイプや近接物理タイプ等戦闘《せんとう》スタイルは人それぞれ。扱《あつか》う得物や術式にだって個人差があるだろう。そもそも現段階での実力だって一律ではないのに、一体どうやって教えてくれるというのか……？

「さーてと、そんじゃ早いとこ授業始めよか。……とは言うてもなあ、ぶっちゃけウチ、君らのこと何も知らんのよな～。……あ、そや。ならこうしよか！　とりあえず君らの力、ウチに見せてーや」

と思いついたように手を叩《たた》く葛葉。

なるほど、第一回は実力テストでその結果を次回以降の授業計画に役立てるのか。意外とまともな方法じゃないか。……なんて感心したのも束の間。問題はそのテストのやり方にあった。

「ってことで、とりあえずウチからアドバイスや。……命、大事にな」

意味深な呟きと共に、葛葉がぱちんと指を鳴らす。

その瞬間《しゅんかん》、周囲の景色が歪んだかと思うと、俺たちはいつの間にかだだっ広い平原に立っていた。——高度な空間魔術によって生み出された異空間だ。

そしてそこに次々と現れたのは、禍々《まがまが》しい邪気を放つ魔物《まもの》の群れ——

「ま、死なん程度に気張ってや～」

凶暴《きょうぼう》な魔獣《まじゅう》を召喚《しょうかん》しながら、平原の遥か上空でのんきに手を振《ふ》る葛葉。ララを膝《ひざ》に乗っけて完全にさぼりモードだ。そこでようやく俺たちは理解する。

この人、最初からまともに教える気なんてないんだ。

だが文句を言う暇《ひま》などなかった。なにせ、生み出されたモンスターたちが一斉《いっせい》に襲い掛《か》かって来たのだから。

漆黒《しっこく》の鱗《うろこ》に覆《おお》われた要塞《ようさい》の如き巨竜《きょりゅう》に、小山と見紛《みまが》うほどの体躯《たいく》を誇る醜悪《しゅうあく》なトロール、触るものすべてを一瞬で溶かしてしまう強酸スライムなどなど……おぞましい怪物《かいぶつ》たちが津波《つなみ》のように押《お》し寄せる。既《すで》にあちこちで戦闘が始まってしまった。そしてもちろん、俺も傍観者《ぼうかんしゃ》ではいられない。

「ぐるるるる……!!」

俺の眼前で牙《きば》を剥《む》き出しにしているのは、十メートルはあろうかといういかついドラゴン。鋭い棘《とげ》やら牙やらが何とも恐《おそ》ろしい。

そんな魔獣を前にした俺は……すっかり困り果てていた。

(やばい、どうしよう……)

ここだけの話、俺にはとてもとても致命的《ちめいてき》な弱点がある。――それはすなわち『経験不足』。

一応三万年間訓練は重ねて来たが、それはあくまでフェリスとの戦闘のみを想定したもの。つまるところ、普通《ふつう》の魔物との戦いは今日が初めてなのだ。この眼前のドラゴンが何という名前なのか、どういう行動をしてくるのか、魔物の中ではどの程度の強さに位置するのか、何もかもさっぱりわからない。

しかも、俺には『目立ってはいけない』という厄介《やっかい》な制約がある。圧勝しすぎても苦戦しすぎても不自然に見えてしまう以上、うまいこと丁度いい塩梅《あんばい》で戦わなければ。実に難易度の高いクエストである。

だがそれでも、すべては平穏な日常を手に入れるため！　俺は覚悟《かくご》を決めた。

「うおおおお！　いくぞ、なんとかドラゴン!!」

鋭いかぎづめをくぐり抜《ぬ》け、尾《お》の一撃をすんでで躱《かわ》し、強烈《きょうれつ》な一噛《か》みをサイドステップで回避《かいひ》する。返す刀で全身全霊（の手加減）を込めた炎魔法《ほのおまほう》を放てば、ドラゴンも業火《ごうか》のブレスで応戦してくる。まさに一進一退、紙一重《かみひとえ》の攻防《こうぼう》である。……どうだ、我ながらいい感じに戦えているんじゃないか?!

すると、周囲の生徒たちから歓声《かんせい》があがった。

「おい見ろ、あいつブラックドラゴンと戦ってるぞ！」

「なかなかいい勝負じゃねえか」

「ふむ、まあそれなりにやれるようだな」

ギャラリーたちの反応を見るに、どうやらこんな感じで良さそうだ。俺はほっと安堵の吐息《といき》をつく。……だが、すぐに風向きが変わった。

「……あれ？　ちょっと待てよ、あの尻尾の模様……あれってブラックドラゴンモドキじゃないか？」

「ウソだろ、ブラックドラゴンモドキと言えば、見掛《みか》け倒《だお》しの最弱モンスターじゃねえか」

ん？　なんか流れが怪しくなってきたような……

「おいおいおい、ブラックドラゴンモドキと互角《ごかく》とか、あいつ本当に勇者か？」

「なーんかおかしいなあ？」

いかん。

急転直下で方針を変えた俺は、右手にがっつり魔力《まりょく》を込める。そして眼前のドラゴンモドキをリンパン。哀《あわ》れ最弱のトカゲは一撃でノックアウト。そしてさらにダメ押しの一言を。

「っべ～、手え抜きすぎたわ～、そろそろ本気だすか～」

どうだ、見たか俺の迫真《はくしん》の熱演を。

これにはさすがのオーディエンスもご満悦《まんえつ》。

「まあそうだよな～」

「さすがにな～」

「……あれ？　ちょっと待てよ」

……ん？

「あの首元の模様……あれってブラックドラゴンモドキモドキじゃないか？」

「ウソだろ、ブラックドラゴンモドキモドキと言えば、最弱に見せかけたSSSランクモンスターじゃねえか！」

「おいおい、ブラックドラゴンモドキモドキをワンパンとか、あいつ本当に落伍勇者か？」

「な～～～んかおかしいなあ？」

いかん!!

「ぐあああ、俺の腕《うで》があああ!!」

「なんだよ、強がってただけかよ～」

「そりゃそうだよな～」

「あっはっはっは！」

……ああ、学園生活って難しい。

そうやってどうにかこうにか誤魔化《ごまか》しながら魔物を捌《さば》いていた時だった。

（ん？　この気配って……）

背後の森から漂《ただよ》ってくる魔力反応。反射的に振り返れば、森の上空にふわふわと浮かぶ奇妙《きみよう》な影《かげ》が。その正体は全身が燃え盛る業火でできた炎《ほのお》の塊《かたまり》――

（フレイムウィスプ……？）

〝劫火の精霊《フレイムウィスプ》〟——魔力により生成された変幻自在《へんげんじざい》の疑似精霊《ぎじせいれい》だ。昔フェリスに練習相手としてけしかけられたから覚えている。だが、なぜこいつがここに？　どこかで捕獲《ほかく》したのであろうこれまでの魔物たちとは違い、こいつは炎魔術《ほのおまじゅつ》で創《つく》られた人工生命体。偶然《ぐうぜん》紛れ込むなんてことはないはずだし、あの葛葉がわざわざ用意したとも思えないが……

などと首を傾《かし》げていた時だった。不意にフレイムウィスプの体がさざ波立つ。そしてみるみるうちに膨れ上がったかと思うと……見上げるほどに大きな八つ首の巨竜へと姿を変えたのだ。その大きさたるや小山の如し。サイズも魔力量も明らかに他とはレベルが違う。まさにボスモンスターといったところか。

そして数秒後、竜《りゅう》と化したフレイムウィスプは暴虐《ぼうぎゃく》の限りを尽《つ》くし始めた。八つの顎《あご》から次々と乱射される、強烈無比な爆破《ばくは》系魔法。無差別に巻き起こる爆発《ばくはつ》は容《よう》赦《しゃ》なく森を焼き、巻き込まれたモンスターたちがあっけなく消し炭となっていく。そしてその被害《ひがい》は当然生徒たちにも。誰《だれ》もが武器を放《ほう》り捨て凶悪《きょうあく》な爆撃《ばくげき》から逃《に》げ惑《まど》う。

「お、おいおい、これ、止めなくていいのかよ……?!」

これではもう実力テストとかそういう次元の話ではないだろう。俺は中止を求めて葛葉に視線を遣《や》る。……が、そこで見たのはあろうことかぐーすか居眠《いねむ》り中の葛葉の姿。ついでに言うと、自称監督役《じしょうかんとくやく》の女神様《ララ》は「すごいです！　かっこいいです！」ときゃっきゃと喜んでいる。……こいつら、本当にやる気の欠片《かけら》もないのな。

好き放題に暴れ回るフレイムウィスプ、連鎖《れんさ》する大爆発《だいばくはつ》、悲鳴を上げて逃げ惑う生徒
……まさに阿鼻叫喚《あびきょうかん》の地獄《じごく》絵図。誰がこの事態に収拾《しゅうしゅう》をつけるんだ？

けれど皆《みな》が絶望しかけたその時、一筋の光明が差した。

「お、おい、見ろよあれ……！」

「あいつ、まさかやる気か……？」

「正気かよ……⁉」

生徒たちの視線が一点に集まる。その先に立っていたのは、巨竜に立ち向かう一人の少女――小毬《こまり》だ。使い込まれた剣《けん》を構え、微動《びどう》だにせずフレイムウィスプと対峙《たいじ》している。

己《おの》が命を顧《かえり》みず、大衆を救うため強敵に立ち向かう……これぞまさに勇者のあるべき姿。

確かにカッコイイのだが……今回はさすがに相手が悪い。

「お、おい、お前、さすがに逃げろって！」

別に深い仲ではないが、顔見知りがみすみす焼肉になるところを傍観《ぼうかん》するわけにもいかない。俺は思わず忠告する。けれど、小毬はきっぱりと首を振るのだった。

「できません‼」

なるほど、勇者たるものどんな敵が相手でも退いてはならない、と。単なるおっちょこ

ちょいなトラブルメーカーかと思っていたが、実に見上げた心意気じゃないか。……と、不覚にも感動していたのだが、彼女《かのじょ》の言葉にはまだ続きがあった。

「……その……こ、腰が抜けて動けないんです～……！」

「ええ……」

そういう意味の『できない』かよ。

だが呆れている時間はない。小毬の存在に気づいたのか、八つの首が同時に足元の少女を睨《にら》む。もちろん、あのフレイムウィスプを吹《ふ》き飛ばすだけなら簡単だ。だが今は生徒たちの眼がある。魔術にしろ武術にしろ目立たずにというのは難しいだろう。

ということは……ここは平和的に解決するしかなさそうだ。

「えーっと、会話のコツは……『目を見てしっかり伝える』だったよな……」

教本の内容を思い出しながら、俺はフレイムウィスプと〝話し合う〟ことにした。

「――『待て《ステイ》』――」

目を見て、一言。心を込めて口にする。

その瞬間、フレイムウィスプの動きが止まった。ご自慢《じまん》の顎はガチガチと震《ふる》え、大仰《おおぎょう》な翼《つばさ》はきゅっと縮こまり、八つの頭はそれぞれ隣《となり》の首の陰《かげ》に隠れようと醜《みにく》い争いをしている。

怯《おび》え切って逃げることすらできないその姿は、ちょうど腰を抜かした小毬とそっくりだ。

いや、そこまで脅《おど》したつもりはなかったのだが……まあいいか、とりあえずわかってくれたようで何よりだ。

ただ、俺としてはつい呟かずにはいられなかった。

「……お前のご主人様も、お前ぐらい賢ければ良かったんだけどな……」

ソイツが現れたのは、ちょうどその時だった。

「──さあてと、あらかた終わったか？」

焼け落ちる森の奥《おく》から、悠々《ゆうゆう》と歩いてくる人影《ひとかげ》。不遜《ふそん》に肩《かた》をいからせるそのシルエットは、他でもない先日の問題児……鬼島猛《きしまたける》である。

「うし、だいたい片付いたみてえだな。……おら、もういいぞ、消えろ」

ぞんざいな命令が飛んだ途端、怯えていたフレイムウィスプが煙《けむり》となって霧散《むさん》する。無論、そんなことが可能なのはフレイムウィスプを生成した魔術師《まじゅつし》本人だけ。……そう、アレを生み出したのは鬼島だったのだ。

「ははっ、かったるいテストなんざ真面目《まじめ》にやってられっかよ」

と笑う鬼島。確かに魔物はほぼ全滅《ぜんめつ》。戦果だけ見れば上々だろう。だが、その巻き添《まぞ》えで何人もの生徒が負傷した。普通なら笑ってなどいられないはず。だというのに、鬼島は悪びれた様子すらない。いやそれどころか、ふん、と鼻で笑うのだった。

「ん？　なんだお前ら、いたのか？　気づかなかったわ。っつーか、あの程度も避《よ》けられないとかどんくせーなあオイ」

その傍若無人な言い草はまるで巻き込まれた方が悪いのだと言わんばかり。だが誰一人《だれひとり》文句も言えず俯《うつむ》いてしまう。それもそのはずだ。あのフレイムウィスプを使役《しえき》していたことから明らかな通り、鬼島は落伍組の中では頭二つ抜けた実力者。逆らえるはずもない。

……ただし、一人を除いて。

「……謝ってください」

「あ？　なんか言ったか？」

「みんなに謝ってください！　あなたのせいでみんなこんなに傷ついてるんですよ！」

と語気を強めて詰《つ》め寄る小毬。もちろんそれは皆の代弁ではあるのだが……

「ハッ、びびって固まってた腰抜《こしぬ》けが、イキってんじゃねーぞ！　あんなん巻き込まれる方がわりーんだろが！　俺たちゃ勇者だぞ？　力こそが正義だ。悔《くや》しかったら……ほら、てめえも力ずくで謝らせてみろよ」

謝罪するどころか、鬼島は挑発《ちょうはつ》するようにせせら笑う。小毬が自分を倒《たお》せるはずないと知っているのだ。

けれど、返って来たのは思わぬ返事だった。

「……いいですよ、やりましょう」

「……⁉　へえ、良い度胸じゃねえか……！」

と、挑発に対し真っ向から睨み返す小毬。一瞬《いっしゅん》面食らった様子の鬼島は、しかしすぐにほくそ笑《え》む。――これで正面から叩き潰《つぶ》せるのだ。暴れる口実ができたのは鬼島にとって幸運以外の何物でもない。

「お、おい、やめとけよ、お前まで怪我《けが》するぞ」

傍《はた》から見ても力量差は歴然。俺《おれ》は横から忠告するが……小毬は頑《かたく》なだった。

「いえ、いいんです。……これは私の戦いですから」

この小毬という少女、思いのほか好戦的なのだろうか。いや、戦いたがっているというよりは、むしろあえて自分を追い込もうとしているような……

（これ、恭弥よ。邪魔《じゃま》をするでないぞ。あの娘《むすめ》の言う通り、これはあの娘の戦いじゃ）

いつの間に幼女の手から抜け出して来たのか、フェリスが耳元で窘《たしな》める。……そう言われてしまえば、俺だって無理には止められない。

（……わかったよ）

そうして俺たちが見守る中、二人の決闘《けっとう》が始まった。

「くっくっく……実力の差もわからねえバカがよお。今からリタイアしてもいいんだぜえ？」

集中した面持《おもも》ちで剣を抜く小毬を前に、にんまりと笑う鬼島。期待通りの展開がさぞ嬉《うれ》しいのだろう。

「でもあれだなあ、あまりに一方的すぎちゃつまらねえ。ちょっとハンデをやるよ。……ほら、お前から先に仕掛《しか》けていいぜ？　待っててやるからさ」

と、鬼島は余裕《よゆう》たっぷりに笑う。挑発のつもりだろう。

それに対し、小毬は素直に頷いた。

「あなたがいいのなら、遠慮《えんりょ》なく」

そうして剣を構えた小毬は、静かに呟《つぶや》いた。

「《想天蕾花《そうてんらいか》・陣之初《いちのじん》――》」

刹那《せつな》、剣に集う強烈な光。組まれた術式を見れば一目でわかる。小毬が行使しようとしているのは恐ろしく強力な異能だ。

これが《固有異能》――転移者が女神から授かりし理外の力《チート能力》というわけか。

そして彼女の力は、同じく固有異能を持つはずの生徒たちにとっても規格外だったらしい。野次馬《やじうま》たちは驚愕《きょうがく》に目を見開き、あの鬼島さえも顔を引きつらせている。

だが……

（ふむ……残念じゃが、まったく足りぬのう）

フェリスが小さく呟く。と同時に、まとまりかけていた膨大《ぼうだい》な力が崩《くず》れ、瞬《また》く間《ま》に散逸《さんいつ》していく。そして小毬は脱力《だつりょく》したようにその場にへたりこんでしまった。

「くっ……なんで……？」

悔しそうに唇《くちびる》を噛む小毬。だが理由は明白——異能自体の性能に彼女自身の力が全く追いついていないのだ。ゲームで喩《たと》えるならば、最高ランクの呪文《じゅもん》を覚えているのにそれを使うためのＭＰが足りていない状態である。

「くく……あははは！　固有異能も使えねぇ無能なんて初めて見たぜ！　ったく、ビビらせやがってよお！　あっはははは！」

座り込む小毬を前に、鬼島は下品な声で大笑い。だが力を使い果たした小毬にはただうなだれることしかできない。何とも胸糞《むなくそ》の悪くなる光景だ。

その時、思わぬ横槍《よこやり》が入った。

「いい加減にするです！　よわいものいじめはララが許さないです！」

と、飛び出して来たのはララ。さすがにこれが対等な戦いではないと気づいたらしい。

ふむ、なんだか初めて女神らしい姿を見たような。……が……

「あ？　うるせえな、引っ込んでろガキ！」

「……きょうや、あとは任せたです」

ぎろりと睨まれた瞬間、涙目《なみだめ》で俺の後ろに。まあそうだよな。怖《こわ》いよな。

かくして強制的に選手交代。だがある意味でちょうどいい。これで仲裁《ちゆうさい》する名分ができた。

「あの、もうその辺でやめにしませんか……？」

「あ？　うるせえな、こいつと俺の問題だろ？　部外者は引っ込んでろ」

と、聞く耳を持たない鬼島。さらには小毬本人も首を振る。

「……そうです……私の戦いですから……」

そうして小毬は剣を杖《つえ》代わりにして立ち上がろうとする。どうやらまだ戦うつもりらしい。

だが俺は気づいてしまった。彼女の手足は微《かす》かに震えている。恐怖に怯えているのだ。

そしてそれに気づいたのは俺だけではなかった。

「ははは、なんだこいつ！　震えてるじゃねえか！　なあお前さぁ、この学園向いてねえって。もう辞《や》めちまえば？　それがお前のためだろ？」

「だ、だから、言い過ぎだと思うんですけど……」

「だーかーらー、うるせえっつってんの！　なんなの、お前？」

と、ついに鬼島の矛先《ほこさき》が俺へ向いた。

「ん？　つーか、そういやてめえ、昨日も邪魔してきた奴だよな？　生意気なんだよなあ、雑魚《ざこ》のくせによ。どうせてめえの固有異能もこいつと似たり寄ったりのゴミだろ？　ほら、見せてみろよ」

と、言われても……

「いや、その……ないんすよね……」

「……は？」

「俺、その固有異能っての、もってないんすよ……」

女神ではなく魔王《まおう》に呼び出された俺は、残念ながら固有異能なんて大層なものは持っていない。それを素直に伝えると、鬼島はきょとんとして目を丸くする。そして一転、腹を抱《かか》えて笑い始めた。

「あはははは、こりゃ傑作《けっさく》だ！　ガキの女神に、スキルも使えねえ無能、おまけに持ってさえいねえバカときた！　やっぱこの学園はレベルが低いなあ！　あーっははははは!!」

何がそんなにおかしいのか、大爆笑《だいばくしょう》している鬼島。けどまあいい。これで溜飲を下げてくれるなら何よりじゃないか。……俺はそう思っていたのだが――

「ははっ、しかもなんだ、そのうすぎたねえ猫は？　てめえの使《つか》い魔《ま》か？」

と、フェリスの存在に気づいた鬼島は「ほら、俺様が撫《な》でてやるよ」と手を伸《の》ばす。

……ああ、そいつはやりすぎだ。

「おい」

俺はフェリスを捕《つか》まえようとした手を掴《つか》み留める。瞬間、ぎしぎしと骨の軋《きし》む感触《かんしょく》がした。おかしいな、精一杯《せいいっぱい》加減しているはずなんだが、これがカルシウム不足というやつか？

「っ……?! て、てめえ……！」

痛みに顔を歪《ゆが》めながらこちらを睨む鬼島。だが俺はそれを無視して小毬に断りを入れた。

「悪いな、もうお前とこいつだけの問題じゃなくなっちまったわ」

「ま、待ってください、危ないですよ……！」

俺が止めたときは聞かなかったくせに、よく言うぜ。

ともかく、これで義理は果たした。俺は鬼島の手を放してやると、一言だけ告げる。

「遊びたかったんだろ？　なら、俺が付き合ってやるよ」

「この野郎《やろう》……！　いいぜ、そんなに死にたきゃぶっ殺してやる！　この俺が本当の固有異能の使い方ってやつを教えてやるよ……！」

そうして鬼島は高らかに叫《さけ》んだ。

「《極天の絶火《アルド・イル・ヴァルカナン》》——!!」

天空に展開される巨大《きょだい》な四重魔法陣《まほうじん》。昨日見せたもののさらに数十倍の大きさだ。こいつはまだ本気を隠していたらしい。周囲の生徒たちも悲鳴を上げながら逃げ始める。

「ハハハハ！　これが《岩窟の蹣踏み《ドルナ・ドヴェルグ》》――俺様の固有異能だ！　あらゆる炎系魔術《まじゅつ》の威《い》力《りょく》を数百倍に強化する代物《しろもの》さ！　この意味、わかるか？　てめえらは灰も残らず消し飛ぶってことだよ!!」

鬼島の笑い声に呼応して、徐々《じょじょ》に回転を始める魔法陣。加速する回転と比例するように魔力の高まりも増していく。さながらSF映画に出てくるレーザー砲《ほう》のようだ。

そして魔力の収斂《しゅうれん》が最高潮に達した時、鬼島は大きな声で叫んだ。

「《放て《ファイア》》――！」

それが起動語《トリガー》なのだろう。鬼島の叫びに応じて解放される膨大な魔力。極限まで加速した魔法陣は超新星爆発《ちょうしんせいばくはつ》さながらの煌《きら》めきを放って――そのまま何事もなかったかのように消え去った。

「あ、あれ……？　ファイア！　ファイア！」

何かの間違《まち》いだと思ったのか、何度も起動語を繰《く》り返す鬼島。残念ながらそれは虚《むな》しく宙に響《ひび》くだけだが、鬼島の心はまだ折れない。

「ちっ……《前陣の篝火《イレ・ヴァルナス》》!!」

今度は小規模な魔法陣を無数に展開する鬼島。規模がダメなら数で、ということか。悪い発想とは言わないが……残念だがそういう問題ではない。

「ファイア！　ファイア！　ふぁいあああ！　くそが、なんでだよっ……?!」

何度叫ぼうが、新しく展開した火砲《かほう》も沈黙《ちんもく》したまま。そりゃそうだ。奴が展開した端《はし》から術式を書《か》き換《か》えているのだ、起動するはずがないだろう。あいつは今、弾倉《だんそう》の抜かれた銃《じゅう》を必死で撃《う》とうとしているようなものなのだ。

にしても……つくづく不思議な奴だ。魔法陣を浮かべるタイプの魔術を使うなら、普通は外部からの干渉《かんしょう》に対する防御《ぼうぎょ》をセットで行うのが常識。手札をさらしながらポーカーをやる馬鹿《ばか》なんていないだろ？

だというのに、鬼島は防御も隠蔽《いんぺい》もしようとしない。舐《な》めプか？　と思っていたが、どうやら術式を改変されていることにすら気づいていない様子。ぶんぶんと手を振り回しながら「ファイア！　ファイア！」と一人で叫んでいる。……ああ、なんだか見ているこっちが恥《は》ずかしくなってきた。小学生のごっこ遊びみたいじゃないか。そのあまりの無様さに、周りからも失笑《しっしょう》が漏《も》れ始める。

「くそっ、わ、笑うんじゃねえ！　てめえらも殺してやろうか?!　ファイア!!」

と照準を周囲に向けるが、当然不発。だから駄目《だめ》なんだってば。いい加減気づけよ。

そうして嘲笑《ちょうしょう》の声が大きくなり、ついにはスマホで撮影《さつえい》する者まで現れ始めた頃《ころ》、鬼島はようやく真相にたどり着いたらしい。

「くっ……そうか、わ、わかったぞ！　術式干渉……それがてめえの固有異能だな⁈　チッ、せこい真似《まね》しやがって……！」

干渉してるのは正しいが、固有異能を持っていないのは嘘《うそ》じゃない。っていうか、術式の改変合戦なんて魔術戦における基本中の基本だろ。わざわざ大層な技名をつけるほどでもないだろうに。逆にこいつ、今までどうやって戦ってきたんだ？

「へっ、そうとわかりゃ簡単だ！　てめえはこの拳《こぶし》でボコボコにしてやるよ！　おらあっ‼」

宣言通り接近戦にシフトした鬼島は、気合と共に四肢《しし》へ魔力をこめる。そして常人を遥《はる》かに凌《しの》ぐ速度で一気に間合いを詰めてきた。——足の裏で爆発させた魔力による急加速だ。

……が、魔力の流れからしてやりたいことなど見え見え。俺は一歩だけ横にひいてから足を突《つ》き出す。そう、『加速』だの『ブースト』だのと言えばそれっぽく聞こえるが、あいつのやっていることは自分を大砲《たいほう》でぶっ放しているのと同じ。だからこうして軌道《きどう》をずらせば……

「ぐはっ⁈‼」

俺の足にひっかかった鬼島は、そのままの勢いで地面に激突《げきとつ》する。哀れにも鼻からほぼたぼたと鼻血が垂れ、周りからはさらなる失笑が湧《わ》いた。

　空中で動く術《すべ》も持たないのに両足を地面から離《はな》して飛び掛《か》かるなんて、自殺行為《こうい》にもほどがある。修行《しゅぎょう》時代にそんなことしようものなら、フェリスからおしおきの三日間飯抜きの刑《けい》が飛んでくるレベルだ。

　ともかく、ここまで醜態《しゅうたい》をさらしてしまってはどうしようもない。鬼島は尻尾《しっぽ》を巻いて退散するしかなかった。

「く、くそがっ！　覚えてやがれ！」

　そのセリフをマジで言ってる奴《やつ》、生まれて初めて見たよ。

　そうして鬼島がすごすご森の奥へ逃げていったところで、ようやく教官様がお目覚めになったようだ。

「ふわあ〜……よー寝《ね》たわ〜。あー、そういや授業中やったっけ？　んー、とりあえず誰か死んだ子おる？　いたら手あげてみ？　……よし、みんな無事やね。んじゃ、今日の授業はしまいや。かいさーん！」

　と適当なことを言いながらぱちんと指を鳴らす葛葉。その途端《とたん》、空間が歪んで気づけば元の教室に。きっともう実力テストがどうこうなど忘れているのだろう。まあそっちの方がありがたいけど。

俺は生徒たちの波に乗って教室を後にする。……だがその間際《まぎわ》、すれ違《ちが》った葛葉が小さな声で囁《ささや》いた。

「なあ、もうちょい手の内見せてくれてもええんやないの？」

「……何のことですか？」

俺がそう答えると、葛葉はくすくす笑って去っていく。やはり先ほどのは狸寝入《たぬきねい》り。鬼島を泳がせていたのは別の目的があったからららしい。

「ククク、どうやら目をつけられてしまったらしいのぅ」

「ああ……ほんとにもう……最悪だあ……」

やっぱりこの学園はおっかない。

まあ、何はともあれ最初の授業は乗り切った。俺は束《つか》の間《ま》の休息を求めて教室を後にする。……ただし、一難去ってまた一難とはよく言ったもの。寮《りょう》へ戻《もど》ろうとした俺の腕は、小毬によってがっちり掴まれてしまうのだった。

「あの……師匠《ししょう》と呼ばせてくださいっ!!」

「ええ……？」

――――……

「――……」

「それでは、ララちゃん班（仮）結成を祝いまして～、かんぱーい!!」

「かんぱいです！」

「にゃー！（かんぱい！）」

「お、おう……」

響き渡《わた》るグラスの音、テーブルに並んだ無数のお菓子《かし》、うきうきのララと小毬に、どこから用意したのかクラッカーまで。飾《かざ》られた御手製《おてせい》の横断幕には『祝・ララちゃん班結成!!』の文字が。俺の部屋は今、プチパーティ会場へと様変わりしていた。

どうしてこうなったかというと、時は初授業後にさかのぼる。

「――あの……師匠と呼ばせてくださいっ!!」

小毬の放ったその要求に対し、俺の回答は決まっていた。

「え……嫌《いや》だけど……」

こんなトラブルメーカーの師匠など当然お断りである。……が、ちょうどUターンして戻って来た葛葉がそこでとんでもない一言を。

「――あ、そうそう言い忘れとったわ。廊下《ろうか》に貼《は》っとる班分け表、各自で確認《かくにん》しといてな

〜」

「へ？　は、班分け、ですか……？」

「ああそうや。学園は基本小隊制でな、2〜5人の班に担当の女神さんが一人つくんや。基本はこの班で行動することになるで〜。……あれ、もしかしてウチ、この説明してへんかったっけ？」

「……………」

正直、もうこの時点で嫌な予感はしていたのだが……班分けの結果は御覧《ごらん》の通りである。

「いや〜、それにしても一緒《いっしょ》の班になれるなんてラッキーでしたね、師匠！　いえ、これはもう運命です！　ね、師匠!!」

「ふふふ、きょうや、ララと一緒で嬉しいです？　嬉しいですよね？」

「ああああ……」

かくして俺は『ララちゃん班（仮）』の一員となってしまったのである。

「それにしても、恭弥さんって強いんですねっ！　びっくりしちゃいました！」

と鼻息荒《あら》く詰め寄ってくる小毬。こいつ、基本的に距離《きょり》感が近いんだよなあ。長らくフエリス以外と会話してこなかった俺にとっては苦手なタイプである。

「いや、あれは……あいつが勝手に呪文を失敗しただけだよ。ラッキーってやつさ」

そう、誇《ほこ》らしいことなど何もない。単に戦い方を知らない相手だっただけのこと。むしろ反省しているぐらいだ。フェリスに手を出されてつい頭に血がのぼってしまったが、あんなところで戦闘などするべきではなかった。今度あいつに会ったら謝《あやま》っておかないと。

だが、どうも小毬という少女は他人の話を聞くのが苦手らしい。

「ぜひ私にも戦い方を伝授してください！　私、強くなりたいんです！　師匠！」

「いや師匠じゃないから。俺に教えられることなんて何も……」

「いいじゃないですか、師匠！」

「だから師匠って呼ぶなっつの」

こちとら他人様に教えられるような身分じゃない。というか、普通に面倒《めんどう》だからお断りだ。……けれど、そこで思わぬ横槍が。

（よいではないか、教えてやっても。ケチな男はモテぬぞ～？）

と、横から念話で煽《あお》ってくるフェリス。他人事だと思って勝手なことを。しかもフェリスの奴、ララの膝の上で気持ちよさそうに喉《のど》を鳴らしている。どうも可愛《かわい》がられるのが癖《くせ》になってきているようだ。魔王を堕落《だらく》させるとは、幼女おそるべし。

「とにかく、俺に教えられるようなことはなんもないから」

「大丈夫《だいじょうぶ》です、なんでもいいです！　私、何もできないので！　すべてが新しい学びです！」

ドヤ顔で言うことじゃないだろ、それ。

「あ、でもでも～、できればすっごい魔法《まほう》とかがいいなあ！　どんどかんどどどーん‼って感じの！　なんか私にもできそうな呪文教えてくださいっ！」

謎《なぞ》な擬音《ぎおん》は措《お》いておくとして……とりあえずこいつは一つ勘違《かんちが》いしているようだ。

「あのなあ、簡単に教えろとか言うけど、そもそも呪文だけ覚えたってあんまり意味ないんだぞ？　魔力をきちんと扱《あつか》えるのなら、呪文はむしろ足かせになりかねないんだ」

「え？　そうなんですか？」

俺たちが〝魔力〟と呼んでいるものの正体は、世界の現象的運行を司《つかさど》る最小単位――物質で言うならば〝原子〟にあたるものだ。ゆえに、こいつを操《あやつ》ることであらゆる現象を直接発現することができるのである。

そしてその際用いられるのが、〝詠唱《えいしょう》〟や〝呪文〟と呼ばれる方略だ。これは魔力操作に必要なイメージ工程を丸ごと内包した祝詞や言葉を指し、たとえるなら『頭が一つで足が四本。ニャーと鳴く哺乳類《ほにゅうるい》で、昼寝《ひるね》が好きな動物』を『猫《ねこ》』の一言で表すのと似ている。同じものを伝えるのにも、それ専用の固有名詞を使った方が遥《はる》かに効率的なように、呪文もまたスムーズな魔力行使に不可欠な代物なのだ。

もしそれでもよくわからないなら、「飯を食べる」という動作を『食べる』という単語なしで説明してみればイメージしやすいかも知れない。「まず右手を30㎝下方へ移動させ、中指と人差し指に力をこめて箸《はし》を挟《はさ》み込む。そして二本の箸の間に中指を添《そ》え、さらに薬指を片方の下に――」と、それはもう途方《とほう》もない思考作業が待っているだろう。日常生活において一々こんなことを考えていたら頭がパンクしてしまう。だからこそ、この世界には思考リソースの簡略化のために無数の言葉が存在しているのだ。

よって、呪文も基本的に推奨《すいしょう》されるべきものなのだが……忘れてはならないことが一つ。それは、呪文はあくまで簡略化に過ぎないということ。もしも基礎《きそ》を理解せず呪文だけを習得してしまった場合、自分では術式をいじることができず、他者に干渉されてもそれに気づくことさえできないという致命的《ちめいてき》な弱点を抱えるようになってしまうのだ。先ほどの鬼島がそうであったように。

ただ、これをどううまく伝えればいいか……

「そうだな……呪文と魔術ってのは数学でいう〝九九〟と〝掛《か》け算《ざん》〟みたいな関係なんだよ。九九だけ覚えてても便利は便利なんだけど、桁数《けたすう》が多くなったり因子が増えたりしたらもうお手上げだろ？　その点、掛け算ってものを理解してさえいれば、九九を暗記していなくても「２×３」はすぐ解ける。どんなに桁数が増えたって問題ない。だから魔術を学びたければ、その基礎になる魔力のコントロールをマスターすることだな」

「コントロール、ですか……？」

「ああ。色と同じグラデーションでイメージする練習法がいい。術ごとに一から魔力を生成するんじゃなく、色を変えていくって認識《にんしき》だ。そっちの方が小回りが利《き》いて扱いやすいからな」

「ほえ～」

と、俺が教える練習法を熱心にメモる小毬。……つっても、多分ほとんど理解してないだろうな。まあこういうのは話だけでわかるものでもないだろう。

なんて思っていたら、またしても余計な横槍が。

（くくく、何やら懐《なつ》かしい講義じゃのう。それを理解するまでにおぬしは五百年かかったんじゃったか？）

（けっ、出来の悪い教え子で悪かったな）

そう、今小毬に話したことはすべて受け売りだ。しかも、それを俺に仕込んだフェリスの前で他人に教えなきゃならんとは、なんだかひどく恥ずかしい。……だから嫌だったんだよ。

「っていうか、こういうのって女神様は教えてくれないのか？　そのための担当制なんじや……？」

と思ってララを見る。勇者の育成は女神の仕事ではないのだろうか？

すると、ララは胸を張って答えた。

「ララたちのお仕事は見守ることです。女神はそーゆーものですから」

そういえば、フェリスは女神のことを『大樹の監視者《かんしし》』とか呼んでいたっけ。だが、それならそれで気になることが。

「でも、その割に女神様ってあんまり見かけないような……」

「お姉さんたちはみんな忙《いそが》しいです。じょーいぐるーぷにつきっきりです」

なるほど、担当女神は基本的に兼任《けんにん》……落第勇者なんて後回し、と。まあそりゃそうか。

もっとも、それならなぜララはこんなところで猫と戯《たわむ》れているのか、という疑問も湧いてくるが、恐《おそ》らくこの幼女は見習い中なのだろう。俺たちは練習台というわけだ。まあ、こっちとしてはそれぐらい放っておいてもらえた方がありがたいが。

と、まあそんなこんなでうだうだやっているうちに、ララがこっくりこっくりと舟《ふね》をこぎ始める。そしてフェリスを抱《だ》き枕《まくら》にしたままあっという間に眠《ねむ》ってしまった。まだ十時を回ったばかりではあるが、幼女にとっては夜更《よふ》かしだったようだ。

リーダーの寝落《ねお》ちによって、あえなくパーティはお開き。ララは小毬におぶられて帰って行く。ようやく安息を取り戻した俺は、大きく溜《た》め息《いき》をついた。

「はあ……なんだか騒《さわ》がしい班になっちまったな」

「そうかのう、わしは結構楽しかったぞ？」

と、フェリスは伸びをしながら笑う。

「やはり誰かといるのはよいものじゃな」

「……ああ、そうだな」

そうして俺たちは床《とこ》に就《つ》いた。波乱に満ちた学園生活二日目もどうにか終了《しゅうりょう》。明日にはどんな事件が待っているのか。正直不安だらけだが……こいつ《フェリス》が笑ってくれるのなら、トラブルも悪くないのかも知れない。

※※※※※

翌日、明朝。

窓から差し込む朝の陽ざしで、俺は瞼《まぶた》を開ける。訓練の時間だ。

もっとも、『フェリスを倒す』という目的がなくなった今、もう修行などする必要はないのだが……

「……癖だよな、こればっかりは」

習慣というのはなかなか抜《ぬ》けないもの。三万年間欠かさずやってきたルーティーンはそう簡単に忘れられないのだ。……なお、それを仕込んだ張本人《フェリス》は枕元《まくらもと》ですやすや寝息《ねいき》を立てている。なんだか不公平な気がする。

何はともあれ、目覚めてしまったものはしょうがない。俺はフェリスを起こさないよう起き上がり、軽く身支度《みじたく》を整えてから外へ出る。本来は別空間を作ってやるのだが……折角《せっかく》の新天地だ。見学がてらランニングでもするか。

俺は校舎の周囲を走り始めた。ほとんど人影はなく、心地《ここち》よい朝の空気だけが俺を迎《むか》えてくれる。

……と、その時だった。さしかかった訓練場の片隅《かたすみ》で、一つの影《かげ》が眼に留まる。

他でもない、唯一《ゆいいつ》のチームメイトである小毬だ。広い訓練場の一角で、独り空に向かって剣を振《ふ》っている。縦斬《たてぎ》り、横薙《よこな》ぎ、逆袈裟、水平……速くしたり遅《おそ》くしたり、一つ一つの動作を確かめるかの如く丁寧《ていねい》に。

その一心不乱な姿を見て、俺は思わず呟いた。

「綺麗《きれい》だな」

「へ……？」

その瞬間《しゅんかん》、こちらの存在に気づいた小毬は……沸騰《ふっとう》したように顔を赤くした。

「はわわわわ、い、いきなり愛の告白ですかっ⁈　わ、私たち、まだ学生で、そういうのはちょっとだけ早いっていうか……」

「違う違う！　剣筋が、だよ！　……どうも昨日の講義はいらなかったみたいだな。お前、相当鍛《きた》えて来ただろ」

訓練とはがむしゃらにすればいいというものではない。努力の仕方にも正解と不正解がある。だから俺も、最初にフェリスから教わったのは正しい訓練の仕方だ。そして小毬はもうそれができている。俺なんて訓練のやり方を体得するだけで丸々百年は費やしたというのに。

だがその偉業《いぎょう》に気づいていないのか、小毬は「そんなことないですよ」と肩を竦《すく》めた。

「私はただ、これしかできないだけなので」

小毬が浮《う》かべるのはいつもの笑顔《えがお》。だが、そこには自嘲《じちょう》と卑下《ひげ》が混じっている。……この間から少し気になっていた。明るい太陽みたいなこの少女が、時々言いようもなく暗い影を見せることに。

踏み込むべきか、踏み込まないべきか、俺は束《つか》の間《ま》逡巡《しゅんじゅん》する。けれどなぜか昨日のフェリスの言葉を思い出して、俺は尋《たず》ねてみることにした。

「……なあ、小毬が召喚《しょうかん》された世界って、どんなところだったんだ？」

と問うた俺は、既《すで》に半分後悔《こうかい》していた。俺たちは落伍勇者。世界を救えなかった者だ。助けられなかった異世界の話など、良い思い出であるはずがない。

だが予想に反し、小毬の笑顔は至極《しごく》明るかった。

「すっごく素敵《すてき》なところでしたよ!! 綺麗で、明るくて、みんな優《やさ》しくて、あの世界が救われて本当に良かったです！」

「救われた……？ で、でも、お前って……」

こいつは救世紋《もん》を持たない落伍勇者なはずでは……？ そんな疑問を察したのか、小毬は先んじて微笑《ほほえ》んだ。

「あっ、私の場合、一人で召喚されたんじゃないんです。学校のクラスみんなで……クラス転移って言うんでしたっけ？ だからみんなで召喚されて、みんなで魔王を倒したんです。……まあ、私以外のみんなで、って意味ですけどね」

『えへへ』と小毬は恥ずかしそうに笑うが、俺としては今の言葉が気になって仕方がない。

「……もしかして、その……い、いじめ、とか……？」

小毬の固有異能は強力すぎるがゆえに本人でさえ扱えない代物。戦えない役立たずとしてクラスメイトたちから追放されて……なんて、ありそうな展開ではないか。

だが、小毬はそれにも首を振った。

「んもー、なんてこと言うんですか！　そんなことありません！　……むしろ、その逆ですよ。クラスのみんなはすごく強くて、優しくて、私が戦いに向いてないってわかったら、『無理せず王都の防衛を』って一番安全なところで守ってくれて……忙しいはずなのに、週に一度は様子を見に来てくれるんです。色んなお土産《みやげ》とか持ってきてくれて……私、そんなみんなが大好きなんです！」

と、小毬は嬉しそうに微笑む。異世界でひどい目にあったのでは、なんて俺の勝手な早とちりだったようだ。

……けれど、彼女《かのじょ》の言葉にはまだ続きがあった。

「だから……私も強くなりたかったんですけどね。ほんのちょっとでいいから、大好きなみんなの役に立てるように……」

そう呟く小毬の横顔には、隠《かく》しきれない悔しさが滲《にじ》んでいた。

ああ、そういうことか。性格的にどう見ても戦いなんて嫌《きら》いなはずの少女が、やたらむきになって鬼島に立ち向かったこと。執拗《しつよう》に助力を拒否《きょひ》していたこと。そして、弱さを自覚しながら、今なお訓練を積み重ねていること——誰《だれ》よりも勇者に向いていない彼女は、それでも勇者になりたかったのだ。

「でも、最近思うんですよね……やっぱり無駄《むだ》なのかなって」

「な、なんでそんなこと……？」

「私、戦いが怖いんです。どんなに訓練しても、実戦だとどうしても震《ふる》えちゃうんです。結局心が弱いから、勇者にはなれないのかなって……」

それは初めて聞く小毬の弱音。笑顔の下に押《お》し隠していた本心。それを聞いた時、俺はいつの間にか口を開いていた。

「別にいいだろ、ビビったって」

「え……？」

「大切なのは自分にできないことじゃない。自分にできることだ。足が竦むなら、竦んだ足で走る方法を探せばいい。手が震えるなら、震える手で剣《けん》を振るう術を覚えればいい。十分の一しか実力が出せないなら、今の十倍強くなれ。百分の一しか実力が出せないなら、今の百倍強くなれ。そうすりゃ全部解決だ。……って、俺も師匠みたいな奴に言われたんだ」

こんな台詞《せりふ》が励《はげ》ましになるかなんて俺にはわからない。人を元気づける方法なんて、三万年の修行では習わなかったのだから。それでも、これが少しでも小毬の助けになってくれれば嬉しいと思う。

「っていうか、お前、俺《おれ》よりも全然筋がいいよ。正しい剣の振り方《かた》を覚えるまでに、俺なんて丸々百年素振《すぶ》りしてたからな」

と、つい本当のことを口にすると、小毬はきょとんと首を傾《かし》げた。

「……百年、ですか……？」

「あ……」

ヤバイ、口が滑《すべ》った。

「……な、なんてな！　ジョークジョーク！」

「あはは、あんまりおもしろくないですねっ！」

「うぐっ！」

笑顔でずばっと言ってくれるじゃないか、こいつ。

と、その時、起床《きしょう》時刻を知らせるチャイムが鳴り響いた。寮の各部屋からは目覚ましの音が聞こえ始め、そこかしこで生徒たちが起き出す気配がする。どうやら穏《おだ》やかな朝はもうおしまい。ここからは目まぐるしい学園の一日が始まるらしい。

「あっ、いけない！　ララちゃん起こしてあげなくっちゃ！」

「お、おい、待てって！　そんなに走ると転ぶぞ！」

「大丈夫ですよ！　私そんなにドジじゃ……ふぎゃっ!?」

「あーあー、言ってるそばから……」

そうして俺たちは、目覚めたばかりの学園へと駆《か》け出すのだった。


――――……

――――……


かくして俺の学園生活はつつがなく進み始めた。

幼女な女神に、固有異能も使えない少女、それから元魔王の黒猫《くろねこ》。なんだか頼《たよ》りないパーティではあるが、落伍組なんてそんなもの。誰に期待されるわけでもなく、毎日基礎訓練と座学を繰り返すだけなので別に困ることもない。あまりの平穏《へいおん》さに拍子抜《ひょうしぬ》けするぐらいだ。だけど、それでいい。平和に暮らせるのであれば退屈《たいくつ》なぐらいがちょうどいいのだ。

――なんて思いながら二週間が過ぎた頃。

「――っつーわけで、魔眼や霊剣《れいけん》といった宝具はその格に応じてランク付けされる。『伝承級』『英霊《えいれい》級』『幻界《げんかい》級』『神話級』の四つだ。とりま端から説明すっと――」

第二講堂に響く講義の声。本日の五限目、魔装概論《がいろん》の授業だ。教室には100人以上の同期が集まっている。といっても、そのほとんどは上の空。お昼の後だから……というわけではなく、だいたいの座学講義がこうなのだ。

なにせ、生徒たちはみな『固有異能』という最強にして絶対の武器を持っている。魔術の基礎がなかろうが、魔物《まもの》の知識がなかろうが、実戦においては固有異能でごりおした方が確実に勝てるのだ。つまり、座学で知識を培《つちか》うなど時間の無駄でしかないのである。これでは真面目《まじめ》に聞けと言う方が無理な話。

そしてそれは教官役の上級生たちも理解しているのだろう。向こうは向こうでこちらなど気にせず淡々《たんたん》と進めていくだけ。これがこの学園の正常なのだ。

……ただし、何事にも例外はつきもので、時折普通《ふつう》の授業っぽく質問が飛んできたりもする。そう、ちょうどこんな風に。

「――んで、最後の『神話級』にもなりゃ俺たちの固有異能にも匹敵《ひってき》する力を持っている。その分かなり希少でな、この世界樹に現存している数は……おい、そこのお前。いくつだ？」

「へ？」

青天《せいてん》の霹靂《へきれき》よろしく放たれた質問は、不運にも俺に突き刺《さ》さっていた。

「『へ？』じゃねえよボケ。現存する神話級の数だ。さっさと答えろ減点すんぞ」

「あー、えっと……ご、五千個ぐらいですかね……？」

俺は慌《あわ》てて答えるが、実を言うとそれなりに自信のあるアンサーだ。なにせ魔装や宝具に関してはフェリスの《万宝殿》で嫌というほど見てきた、これは一発正解でみんなから「さすがだぜ恭弥くん！」と称賛《しょうさん》される流れ……

「は？　五千？　お前ふざけてんの？　固有異能並の性能だっつったろ。そんなもんがぽんぽんあってたまるかよ」

と、返って来たのは冷たいお叱《しか》り。あれ、おかしいな。神話級程度なら《万宝殿》にごろごろ転がっていたはずなのだが……

その時、教官は何かに気づいたらしくニヤリと頰《ほお》を歪めた。

「……ん？　あー、なるほどな、そうかそうか。お前、落伍組だな？　ははっ、そりゃ悪かった。確かにお前程度の固有異能ならそれぐらいあるかもな」

と、ぶしつけな失笑を浴びせかけて来る教官。さっきまで上の空だった生徒たちも同調するように笑っている。こいつら、人のことを笑いものにしやがって……と腹は立つけれど、反論するのはやめておいた。こんなもの彼《かれ》らにとってはちょっとしたいじり。くだらないとは思うが、特段の悪意がこもっているわけでもなし。真面目に反応するだけ損というもの。「ははは、サーセン」と愛想笑《あいそわら》いを浮かべてやり過ごせばいいだけの話だ。

「いいかお前ら、空っぽの頭によく刻んどけ。現存する神話級宝具は101個。希少ではあるが、学園の上位ランカーじゃ所持している奴も少なくない。要するに、神話級持ちに出会ったら無暗《むやみ》に喧嘩《けんか》売るのはやめとけよってこった」

と雑にまとめた教官は、それからふと思いついたように言った。

「あー、そうだな……どうせお前らには関係ねえだろうが、ついでに教えといてやる。神話級の上にはいわゆる特別枠《とくべつわく》があってな……『創世級』と呼ばれる七種の宝具だ。神話級すら霞《かす》む秘宝中の秘宝ってやつだが、一つはお前らでも見覚えがあるかもなあ。何かわかるか？」

　その台詞からまた指名されるかと身構えたが、幸いにも今回は別の生徒が手を挙げてくれた。

「『審判《しんぱん》の眼』、ですか？」

「はっ、簡単すぎたか？　あらゆる隠蔽魔術《いんぺいまじゅつ》を無効化し、対象の能力値《ステータス》をあばく監査《かんさ》魔法《まほう》……アレ《審判の眼》の核《かく》になっているのが創世級の一つ、『原初のルーン《TERRA》』と呼ばれる魔術刻印だ。つっても、アレはあくまで断片《だんぺん》から復元した複製《レプリカ》、本物の力には遠く及《およ》んでねえらしいがな」

「あ、あれでレプリカなのですか……？」

　教室がにわかにざわめく。ある程度のレベルにある生徒たちは、『審判の眼』がどれほど高度な魔術なのか理解しているらしい。

「言ったろ、秘宝中の秘宝だって。文字通り創世期の魔力《まりょく》を宿してるんだ、そこらの宝具とは格が違う。つっても、古すぎて現存しているのは半分以下だけどな。『原初のルーン』にしたって本来は四十九の刻印で一セットの宝具だったんだが、今残っている刻印は学園管理下の五つだけ。他は全部失われちまってるって話さ。まっ、何にせよお前らには縁《えん》のない代物だ、今のは覚えなくていいぞ」

と相変わらず素っ気なく締《し》めくくられた時、授業終了のチャイムが鳴った。これにて本日の講義はおしまい。生徒たちの流れに乗って俺も寮へ戻る。こうやって俺の学園の一日は過ぎ去っていくのだ。

……いや、そのはずだったのだが——

「ふぅ、ただいま～」

「むっ、きょうや帰って来たです！」

「にゃ！（お帰りなのじゃ！）」

帰り着いた自室にて、当然のように俺を出迎《でむか》える幼女の声。しかも背後からは……

「ララちゃん、猫ちゃん、ただいま～！　えへへ、今日は猫じゃらし摘《つ》んできましたよ～！」

と、なぜか俺より先に部屋へ上がり込む小毬の姿が。

班結成から二週間。愛《いと》しのマイホームはすっかりこいつらのたまり場に。もちろんお目当ては俺ではなく猫（フェリス）である。最近じゃ家主であるはずの俺の方が肩身《かたみ》の狭《せま》い思いをすることも。うーん、解《げ》せぬ。

「おいお前ら、せんべいしかないけど……絶対にこぼすなよ？」

「もー、わかってますって～」

「ララたちこどもじゃないです！」

「にゃにゃ！（このわしがせんべい如き食えぬと思うてか！）」

嘘だ。いつも掃除機《そうじき》かけるのは俺だ。

そうして仕方なく二人＋一匹《ぴき》のために御茶菓子《おちゃがし》を用意していた時、俺はふと、ララのポケットから一枚の紙きれが落ちるのを見た。

「……ん？　おいララ、なんか落ちたぞ」

と拾い上げてやった拍子《ひょうし》に、意図せずプリントの文字が目に入る。……瞬間、俺の脳裏《のうり》に嫌な悪寒《おかん》が走った。

「『放校予告通知書』……？」

正式な通達書と思《おぼ》しきその紙には、確かに赤文字でそう書かれている。

おいおい、まさか……

嫌な予感に従ってくしゃくしゃのプリントを広げると、そこには案の定とんでもないことが記されていた。

「『警告：一週間以内に現状改善が見られない場合、『九条恭弥《くじょうきょうや》』・『伊万里小毬《いまりこまり》』両名を退校処分に処す』――って、ちょちょちょちょっと待て⁉　なんだよこれ⁉」

退校処分？　俺たちが？　いきなりすぎる展開に頭がついて行かない。

「ふふふ、それに目をつけるとはやるですね。むずかしい漢字がいっぱいです！　かっこいいです！」

「気に入ってる場合か！　退学処分の予告通知だぞ！」

「おおー、そうでしたか。ところで、よこくつーちってなんです？」

「うそ……恭弥さん退学になっちゃうんですか⁉　うう……お世話になりました……どうかお元気で……」

「お前もじゃい‼」

こいつらなぜに他人事なのか。

「そんなことより理由は⁈　理由はなんだ⁉　全然身に覚えがないぞ！」

焦《あせ》って続きを読むと、そこには実に簡潔な理由が記されていた。

――『処分事由：ＳＰ不足　※現在－３０００ＳＰ』――

「え、えすぴー……？　……って、あ、あれのことか……？」

『S.P.』――正式には〝英雄評点《セイバー・ポイント》〟。普段《ふだん》の授業態度から試験の結果、こなした任務の成績や生活態度に至るまで、学園生活のすべてを得点《スコア》として記録するユグラシア学園独自の評価システムのことだ。たとえば、テストで満点を取れば＋5点、逆に寮の門限を破れば－5点、といった具合で、要は普通の学校で言うところの『内申点《ないしんてん》』に相当するだろう。

と、まあこんな感じで説明を受けた覚えはあるのだが、別に優等生としてちやほやされたいわけじゃなし。正直気にしたことはなかった。……が、いつの間にか－3000などという負債《ふさい》を抱《かか》えていたとは。

「で、でもなんでこんなマイナスが……？　俺、何かやっちゃったのか……？」

「恭弥さん、こういう時は素直《すなお》に謝りましょう！　私も付き添いますから！」

「む？　裏にもなにか書いてあるですよ？」

幼女にそう教えられプリントをひっくり返す。するとそこには『SP収支表』なる記録がばっちり記載《きさい》されていた。

『4月10日　伊万里小毬　廊下　窓ガラス破損　－10点』
『4月10日　伊万里小毬　実技演習　転倒《てんとう》により失神　－5点』
『4月11日　伊万里小毬　食堂　カレーぶちまける（大惨事《だいさんじ》）　－15点』

『4月11日　伊万里小毬　週間落とし物数最速学園記録樹立　－１００点』

『4月11日　伊万里小毬　実技演習　担当教官自信喪失《そうしつ》（精神病の疑いあり）　－20点』（以下数百項目《こうもく》省略）

「……犯人お前じゃねえかっ!!」

「うえ～ん、ごべんなざ～～～い!!!」

塵《ちり》も積もればなんとやらとはよく言うが、どうやら小毬のポテンシャルを侮《あなど》っていたようだ。

「ええい、今は責めてる場合じゃない！　この赤字を一週間以内に何とかしないと、俺たちマジで追い出されるぞ！」

「で、でででもどうすればぁ……」

「と、とにかく稼《かせ》ぐしかないだろ！」

確か生徒手帳に得点表が載《の》っていたはず。えーっとなになに……校内清掃《せいそう》が3点、食堂の皿洗いが5点、ボランティア活動が10点……

「じゅ、授業の合間にも詰《つ》め込んで……一日一時間睡眠《すいみん》なら何とか……！」

「そうですね、私も頑張《がんば》ります！」

「い、いや待て、お前が動くと余計マイナスが……」

「あー、もしかして私のこと馬鹿《ばか》にしてます?!　これでも私お皿洗いとか得意なんですよ！　ほら、こうやって……あ、割れちゃった。だ、大丈夫です、すぐ片づけますから！ふふふ、実はお掃除《そうじ》も得意で……きゃあっ、この掃除機勝手に暴れて……あっ！　うーん、最近の窓ガラスはすぐ割れちゃいますねえ～、設計ミスかな？」

「あああ……もうおしまいだぁ……」

残虐《ざんぎゃく》なる魔王《まおう》の如く俺の部屋を破壊《はかい》していく小毬。遊びと勘違いしたのか大喜びのララ。

もはや誰もこの悪逆非道を止められない。

だが絶望に目の前が暗くなりかけたその時、威厳《いげん》ある猫の声がした。

（まったく情けないのぅ、この程度のことでオロオロしおって）

（ふぇ、フェリス……！　もしかして何か妙案《みょうあん》が……!?）

（ククク、こういう時はせこせこ稼いでも焼け石に水、一発ドカンとあてるのが定石じゃ。ほれ、ちょうどよい任務があるじゃろう？）

と肉球が指し示したのは表の一番末尾《まつび》、最高得点の項目であった。

『魔王討伐遠征《まおうとうばつえんせい》任務　＋３０００ＳＰ』

「遠征……魔王討伐……こ、これなら一発で借金返済……って、いやいやいや！　んなことしたら目立つし、色々と危ないだろ！」

（何を言うか。魔王討伐こそ学園の役目、であればしない方が勇者としては不自然であろう？　そもそも、このまま退学になってはすべての記憶《きおく》が封印《ふういん》される。それではわしを守れんじゃろう？）

確かにそうなっては本末転倒《ほんまつてんとう》ではある。だが……

（だ、だけど危険だし……さすがに俺だけの判断で決めるわけには……）

と思い二人の方へ視線を遣《や》ると……

「遠征ですって遠征！　じゃあお泊《とま》りの準備しなきゃですね！　えーっと、枕と、歯ブラシと、替《か》えのパジャマと……あっ、トランプに花札も！　それからそれから……」

「ララ、おやつはバナナがいいです！」

おいおい、こいつら修学旅行か何かと勘違いしてないか？

（ククク……どうやら乗り気みたいじゃのう？　ほれ、さっそくえんとりぃじゃ！）

「お、俺の平穏な学園計画が……」

——かくして俺たちの初任務が決定したのであった。

第三章　討伐任務

——異世界遠征当日——


「えーっと、集合場所は……ここだよな……？」

「ふふふ、楽しみですね！」

「バナナ持ってきたです！」

「にゃーん（にゃーん）」

学園の北側、巨大《きょだい》な剣のオブジェがある広場に俺たちは来ていた。ここが遠征への集合場所だという。

だが、そこには既に先客がいた。

「ん……？」

一学年上と思しき生徒が四人、オブジェの前に集まっているのだ。待ち合わせ場所が被《かぶ》っただけ……ではないらしい。全員が俺たちと同じように遠征用の装備をしている。

そして俺たちの到着《とうちゃく》に気づいた一人が、険しい顔で近づいて来た。

「遅いぞ、B班。十五分前行動を厳守しろ」

「え？　あ、はい、すみません……」

よくわからないが、とりあえず頭を下げる。それにしても……誰だ、こいつら？

「えっと、申し訳ないのですが……どちら様で……？」

すると、その青年はいぶかしげに答えた。

「私は京極新《きょうごくあらた》、このA-25班の長を務めている。……まさか、担当から聞いていないのか？

今回の遠征は我々と君たちB-11班との合同作戦だ」

まさかも何も、全く聞いていない。というか、俺たちの班名が『B-11班』ということすら初耳である。まあ、ララちゃん班（仮）よりはマシだが。

「はあ……まあいい。それよりも、君らの役目ぐらいはわかっているな？」

と問われるや、元気一杯《いっぱい》に小毬《こまり》が手を挙げた。

「はいはい！　魔王をやっつけて世界を平和に……」

「いや、違《ちが》う」

「ほえ？」

秒で不正解を言い渡《わた》され、小毬は目を丸くする。

「魔王の討伐は我々《A班》でやる。諸君《B班》らはあくまで支援《しえん》役。よって戦いに参加する必要はない。なにせ、たかがステージ：Ⅲだからな」

「す、ステージ……？」

聞きなれぬ単語に首を傾げる。そういや、鬼島《きしま》もステージがどうとか言ってたっけ？

「まさか、そんなことも知らないのか？　……ふん、所詮《しょせん》はB班か。もういい、説明するだけ時間の無駄だな」

京極というらしい上級生は、呆《あき》れた溜め息だけを残して背を向ける。

確かに俺たちは知識も経験もないが……ちょっとあんまりな態度じゃないか？　なんて内心傷ついていた時、背後から声をかけられた。

「す、すみません、みなさん。僕《ぼく》の方から補足しますね」

と頭を下げたのは、A班に所属しているらしき別の青年。長めの前髪《まえがみ》に地味な服装と、あまり目立たない外見ではあるが、京極よりはずっと優しそうだ。

「ステージというのはですね、異世界の脅威《きょうい》度による分類名です。魔族《まぞく》がいないステージ：Ⅰから始まり、他世界侵略《しんりゃく》級のステージ：Ⅸまで、その危険性によって9つに分けられているんですよ。もっとも、例外としてステージ：Ⅸを超《こ》えた《廃棄世界》というものもありますが……まあ、これは昔話みたいなものなので気にしないでください」

「なるほど……ってことは、今回の異世界は割と簡単めってことですか？」

「ええ、そうですね。ステージ：Ⅲは『勇者単独で攻略《こうりやく》可能』と定義されています」

さすがの学園も落伍勇者をいきなり高難易度へぶち込むほど鬼畜《きちく》ではないらしい。

ただ、そうなると別の疑問が。

「あれ、でもそんなに簡単ならなんで合同に……？」

「あー、それはですね――」

と青年が答えようとした時、鋭《するど》い声が飛んできた。

「おい、何をしている？」

見れば、険しい顔をした京極がずかずかとこちらにやってくるところだった。

「誰がこいつらへの指導を許可した？　私は説明不要と判断を下した。その決定に逆らうつもりか？」

「い、いえ、そういうわけでは……で、ですが、彼らは入学したてです。勝手がわからないままでは――」

と、慌てて弁明しようとする青年。だが最後まで言い切ることはできなかった。……京極が唐突《とうとつ》に青年の頬を殴《なぐ》りつけたのだ。

「――黙《だま》れ。反論を許可した覚えはないぞ」

「……は、はい、申し訳、ありませんでした……」

殴られた頬を腫《は》らしながら、青年は目を伏《ふ》せて謝罪を述べる。同じ班内であっても京極の地位は絶対的なものらしい。

ただし、うちの班にはその手の理《り》不《ふ》尽《じん》を絶対に認めない少女が一人。

「な、何も叩《たた》くことないじゃないですかっ！　暴力反対ですっ！」

まるで自分が殴られたかの如く抗議《こうぎ》の声をあげる小毬。けれどその言葉は微塵《みじん》も届くことはなかった。

「何を言っている？　我々は一個の戦闘《せんとう》部隊だ。であればリーダーの命令を遵守《じゅんしゅ》するのは当然のこと。戦闘において指揮系統の乱れは死に直結するのだからな。……ま、こんなこと落伍組に言っても理解できないか」

「んなっ……！」

憤慨《ふんがい》する小毬を軽くあしらった京極は、それから「そうそう」と付け加えた。

「そういえば、先ほど問うていたな。『なぜ簡単なステージ：Ⅲにわざわざ合同で向かうのか』、と。教えてやる。本来ならこの程度、我々だけで十分なのだ。そこをあえてお荷物の君たちを連れて行くのは、ひとえにSPのためなのだよ。後輩《こうはい》の育成にはボーナスが支給されるからな。つまり、我々は最初から支援など求めてはいない。君たちはただ邪魔《じゃま》さえしなければそれでいい。そうすれば我々は足手まといがいなくて助かるし、君たちは労せずポイントが手に入って助かる。お互《たが》いにそっちの方が効率的だろう?」

と淡々と告げた後、京極はぴしゃりと言い放った。

「わかったのなら、二度と私に意見するな」

それはもはや繕《つくろ》う気すら見えない足手まとい扱《あつか》い。案の定、小毬の頭からはぷんぷんと湯気が上がっている。おいおい、一応合同チームなのにのっけからこんなんで大丈夫《だいじょうぶ》なのか? というか、こういう時こそ引率《いんそつ》役の女神《めがみ》の出番なのでは?

そう思って振り返ると、ララはリュックをごそごそやりながら「バナナ忘れたです……」とか涙目《なみだめ》になっている。ダメだこりゃ。

と、その時だった。

「——何事ですか?」

澄《す》み切った声と共に空から降り立ったのは、眩《まばゆ》いばかりの美しい女性。そこらへんの映画女優などとは比べ物にならない、絵画の如く整った相貌《そうぼう》をしている。

そんな美女が舞《ま》い降《お》りるや、京極は一転してかしこまった。

「これはフレイフェシア様、大丈夫です、何の問題もありません」

「そうは見えませんでしたが…… いいですか、アラタ。争いはいけませんよ。同じ仲間ではありませんか」

「はっ、申し訳ありません」

　と、あれだけ高飛車だった京極が素直に頭を下げる。その態度からして明らかなように、フレイフェシアと呼ばれたこの女性こそA‐25班の担当女神というやつなのだろう。

　そうして女神様はふっと微笑んだ。

「良い子ね、アラタ。そうそう、あなたに良いニュースがあるわ。今回の任務を成功させたら、学園はあなたの個人ランクをB＋に引き上げるそうよ。ふふふ、私も担当として誇《ほこ》らしいわ」

「いえ、まだまだ不足です。フレイフェシア様の名誉《めいよ》のためにも、より一層精進《しょうじん》いたします」

「ふふふ、相変わらずあなたは頼《たの》もしいわね」

　と微笑んだ後、フレイフェシアはこちらへ向き直った。

「ご挨拶《あいさつ》が遅《おく》れてごめんなさい。あなたたちがB‐11班ね？　ふふふ、今回はよろしくお願いいたしますわ」

「は、はあ……」

「こ、こちらこそよろしくお願いしますっ！」

溢《あふ》れ出る威厳を前に、むっとしていたはずの小毬も思わず頭を下げる。なるほど、これが本物の女神様。崇《あが》めたくなるオーラがびんびん漂《ただよ》っている。……ちなみに、うちの女神はというと、リュックの底にあったおやつを見つけて「バナナあったです！」とか嬉《うれ》しそうに喜んでいる。……ああ、やっぱりダメだなこりゃ。

とにもかくにも、これにて波乱の顔合わせは終了《しゅうりょう》だ。

「——さて、それでは参りましょうか。私たちの救いを求める世界へと」

そうして微笑んだ女神様は、宙空にそっと手をかざす。すると、突如《とつじょ》光り輝《かがや》く巨大な転移門《ゲート》が姿を現した。恐《おそ》ろしく高度な時空魔術《まじゅつ》だ。

そして俺たちは一人ずつ光の門へと足を踏《ふ》み入れる。——刹那《せつな》。光と、音と、重力と、ありとあらゆる衝撃《しょうげき》がごちゃまぜに押し寄せてくる。途方《とほう》もない情報の奔流《ほんりゅう》に押し流《なが》されること数秒。不意にすべてがホワイトアウトした後……いつの間にか立っていたのは見知らぬ城の大広間。そこで待っていたのは、期待のまなざしをこちらへ向ける大勢の民衆だった。

「「「——ようこそいらっしゃいました、勇者様!!」」」

※※※※※

「――あぁ、まさか本当に来てくださるとは！」

「――これで我らがフレスガルドは救われる……！」

「――勇者様ばんざーい!!」

所狭《ところせま》しとテーブルに並んだ料理、見るも可憐《かれん》な踊《おど》り子のショー、運ばれてくる贈《おく》り物《もの》の数々……。

ラムレス王国首都・グランベル城というらしいこの城では、今、ものすごい豪勢《ごうせい》な宴《うたげ》が開かれていた。名目はもちろん、俺たち異世界勇者の歓迎《かんげい》パーティだ。

催《もよお》しやらご馳走《ちそう》やら、こんな盛大な歓待《かんたい》を受けるのは生まれて初めて。とてもありがたくはあるのだが……正直、気恥《きは》ずかしくて背中がむずむずする。

だがA班の方はこんな歓迎会《かんげいかい》など慣れたものらしい。涼《すず》しい顔でふるまわれる料理を食し、兵士長やら貴族やらとも物怖《ものお》じすることなく言葉を交《か》わしている。やはり経験者というのは違うものだ。

……なお、それに比べて我々B班はというと……

「すごいです！　おいしいです！　おかわりです！」

「わああ、大きなお城ですね～」

「にゃーん（うむうむ、くるしゅうないぞ！）」

揃《そろ》いも揃って田舎《いなか》っぺ感丸出し。心なしか城の人たちの眼も冷たく見える。……まあ、緊張《きんちょう》してフォークを落としまくっている俺も人のことは言えないが。

と、その時、ことさら貫禄《かんろく》のある人物が俺たちの前にやってきた。

「ようこそ勇者の皆々様《みなみなさま》。私めが国王をつとめるダムレスでございます」

そう言って恭《うやうや》しく膝《ひざ》を折ったのは、立派なおひげを貯《たくわ》えた初老の男性――ダムレス王。柔和《にゅうわ》な笑《え》みを浮《う》かべながらも、どこか凛《りん》とした威厳を纏《まと》うその風格はまさしく一国の主。どこぞの魔王様にも見習ってほしいものである。

そうして国王・ダムレスは丁寧《ていねい》な口調のまま本題を切り出した。

「改めまして、勇者の皆様《みなさま》。此度《こたび》は我々の呼びかけに応じていただき感謝の極《きわ》みでございます。実はですね、こうして皆様をお呼び申し上げましたのには深い事情がございまして。他でもない我《わ》が王国……いや、我が世界は今、悪《あ》しき魔王・ギーグジョルグの魔の手によって脅《おびや》かされておりまして――」

と、なんともありがちな説明を始める王様。正直、ゲームや漫画《まんが》で百回は見た導入だ。とはいえ当事者にとっては一大事、こういう話もちゃんと聞かなければ。……と思っていたのだが、京極の声がばっさりとそれを遮《さえぎ》った。

「説明は結構です。状況《じょうきょう》は把握《はあく》しておりますので」

「……え……？　あ、そ、そうでございま……」

「必要な情報は一つ――魔王の所在だけです。それから、進軍している部隊があればすべて帰還《きかん》させてください。我々が来た以上、防衛以外の一切《いっさい》の戦闘行為《せんとうこうい》は不要です。敵はすべて我々のみで処理いたしますので」

「あ、いや、しかし、皆様のみに戦わせるわけにはいきませぬ！　勇者様と共に戦わんと、我々も世界各地より精鋭《せいえい》を結集しております！　微力《びりょく》ではありますが、ぜひ私どもにも支援を……！」

と、ダムレス王は熱心に食い下がる。そりゃそうだ。この日のために全世界から戦力を徴収《ちょうしゅう》したのだろう。それを「やっぱいらないから帰ってね」などとは、さすがに王様にだってメンツというものがある。

だが、京極の答えは変わらなかった。

「ダムレス王、はっきり申し上げさせていただきます。我々以外の者は足手まといです」

「あ、足手まとい、ですと……?!」

「ええ。情報だけいただければ我々が万事《ばんじ》つつがなく処理いたしますので。集められた兵力は防衛にあててください。……ああ、それから……その際には、どうぞ彼らもお使いください。我々が魔王城へ攻《せ》め込む間、細かいご用向きは彼らがお伺《うかが》いしますので」

思い出したようにこちらに振《ふ》られ、俺は慌ててかしこまる。……が、残念ながらもう遅《おそ》い。ララはアイスクリームに夢中だし、小毬はまんじゅうを喉《のど》に詰まらせて死にかけてるし、フェリスに至ってはただの猫《ねこ》だ。そりゃ王様も渋《しぶ》い顔になるってもの。

「ともかく、すべて我々にお任せください。それでは王よ、我々はこれにて失礼させていただきます。明日に向けての会議がございますので」

それだけ告げて席を立つ京極。A班の面々もおとなしくその背中に従う。どうやら早くクリアしたくて仕方がないらしい。学園のランクを上げることがそんなに重要なのだろうか？　どうにも俺には理解できない。

とはいえ、作戦会議のために下がるというのならB班も同席すべきだろう。お留守番にしたって何かしら役割はあるはず。宴会《えんかい》で舞い上がっている三人は早々に諦《あきら》め、俺は京極の背中を追いかけることにした。

「あ、ちょっと待ってください。その会議、俺も出ますよ。B班代表ってことで！」

廊下《ろうか》に出たところで京極を呼び止める。だが、振り返った京極はひどく煩《わずら》わしそうな顔をしていた。

「いや、その必要はない」

「え……？」

「学園でも言ったはずだ。君たちはここで待機。明日は我々だけで魔王城に侵攻《しんこう》する。そして魔王軍の全戦力を殲滅《せんめつ》する。作戦は以上だ。これ以上何を話し合うことがある？」

と、返って来たのはにべもない答え。取り付く島もないとはまさにこのこと。

そうしてこちらが返答に窮《きゅう》していると、京極はそのまま踵《きびす》を返した。

「用がないのなら失礼させてもらおう」

そうして去っていくA班。俺はすごすごと引き返すしかなかった。

「──あっ、恭弥《きょうや》さんお帰りなさい！　どこ行ってたんですか⁉　デザート終わっちゃいましたよ！」

宴会の席に戻《もど》ると、いのいちばんに寄ってくる小毬。頬にチョコレートがついているのは女子としてどうなのか。

「あ、ああ、ちょっとA班と話をな……」

と答えると、小毬は期待に目を輝かせた。

「あっ、魔王討伐についてですね！」

どうやら何か重大な指令が与《あた》えられたのではないかとワクワクしているらしい。……ああ、やりにくい。俺《おれ》はどうにか言葉を選びながら伝えた。

「あー……ああ、そうそう。隊長さんが言うには、『王都の防衛は俺らに任せた！』だとさ。役割分担ってやつだな！　ここの人たちは俺らで守ろうぜ！」

「それは責任重大ですね！　私、頑張ります！」

……うん、嘘《うそ》は言ってないからセーフだな。

かくして主賓《しゅひん》を欠いた宴は早々と開きに。王様たちに挨拶をした後、うとうとしているララを負《お》ぶって客室へと向かう。ちなみに、フェリスの奴《やつ》はぬいぐるみの如く幼女に抱《だ》かれてのんきに眠《ねむ》っている。こいつ、だんだん本物の猫に近づいて来てないか？

そうして廊下を歩いている最中、小毬はひどくご機嫌《きげん》だった。

「ふっふっふ、私たちが拠点《きょてん》防衛の要かあ……じゃあこれから色々考えないとですね！　見張りの順番とか、巡回《じゅんかい》ルートとか！　私たちの仕事ですもんね！」

「あ、ああ……」

無邪気《むじゃき》に声を弾《はず》ませる姿を見ていると、やはり罪悪感が湧《わ》いてくる。俺は思わず尋《たず》ねてしまった。

「なあ、残念じゃないか……？」

「？　何がですか？」

「ほら……自分の手で誰《だれ》かを守りたいって言ってたろ？」

班を結成した翌朝に、彼女《かのじょ》から聞いたあの話……自分だけ何もできないまま役目を終えてしまった小毬にとって、ここでもお留守番なんてきっと嫌《いや》なはずだ。

けれど、小毬は小さく首を振った。

「もちろん、私だってできることなら自分で魔王をやっつけたいです。けど、一番大事なのはみんなを守ることですよね？　たとえ裏方だって、こうやって誰かの役に立てるなら幸せですっ！」

「……そうか、そうだな」

なんだかんだ言って、こいつは勇者に向いているのかも知れない。俺は何となくそう思った。

「ふふふ、ってことで、早速《さっそく》今から襲撃《しゅうげき》に目を光らせないと！　私たちのお仕事ですから！」

「お、おいおい、ほどほどにしとけよ……？」

張り切るのはいいことだが、ちょっと最初から飛ばしすぎじゃないか？　ここは対魔王軍の中心地たる王城。魔族たちにとっては敵地の要塞《ようさい》に等しい。まさかそんな場所に乗り込んで来るはずないだろう。……なんて、そう思っていたその時——

「――あんたら、異世界勇者、だな？」

背後から響《ひび》く少女の声。反射的に振り返れば、そこに立っていたのはフード姿の人影《ひとかげ》。顔は隠《かく》れて見えないが、その華奢《きゃしゃ》な体から漏《も》れ出すのは紛《まぎ》れもない闘志《とうし》。……それも、かなり強力な。こいつ、相当な手練《てだ》れだ。

そして突然《とつぜん》の襲撃者《しゅうげきしゃ》は、有無《うむ》を言わさず抜剣《ばっけん》した。

「いざ尋常《じんじょう》に――オレと立ち会え！」

叫《さけ》び声《こえ》と同時に駆《か》け出す襲撃者。疾風《しっぷう》の如き勢いで肉薄《にくはく》してくる。こうなっては是非《ぜひ》もない。俺は仕方なくララを床《ゆか》におろ……そうとしたところで、横から小毬が割り込んできた。

「ここは私が！　恭弥さんはララちゃんたちを守ってください！」

「え、あ、いや、ちょっと……!?」

と、小毬は止める間もなく剣を抜《ぬ》き放つ。

飛び掛《か》かる襲撃者と、迎《むか》え撃《う》つ小毬。まるで映画のワンシーンの如く闘気と闘気がぶつかり合う。そして両者の剣が激しく交錯《こうさく》して…………わずか一秒後、剣の腹でしたたかに頭を打ち据《す》えられた小毬は、あっけなく床にノビたのだった。

「……むきゅう～……」

まあ、そりゃこうなるよな。明らかに戦闘力《せんとうりょく》の桁《けた》が違ったし。

……が、それに誰よりも驚《おどろ》いていたのは他でもない、襲撃者本人であった。

「え、あ、あれ……？」

床でのびている小毬を見下ろして、襲撃者は呆然《ぼうぜん》と立ち尽《つ》くす。まさかたった一発でKOできてしまうとは思ってもみなかったようだ。というか、みねうちで済ませたことからもわかるように、この子は最初からこちらを傷つけるつもりなどなかったのだ。彼女にとって唯一《ゆいいつ》の誤算は、小毬があまりに弱すぎたこと……

なんだか不憫《ふびん》に思えてきたので、俺は狼狽《ろうばい》する襲撃者にそっと声をかけた。

「あー、とりあえず……こいつを運ぶの手伝ってもらえるか？」

――――……

――――……

ようやくたどり着いた客間にて、俺は二人と一匹をベッドに寝《ね》かせる。小毬のおでこにはそれはもう綺麗《きれい》なたんこぶが。まあ、命に別状はないから問題ない。ほっとけばそのうち起きるだろう。

それよりも、目下の問題はこの少女――先ほどの襲撃者だ。

雑に切られたショートヘアに、使い古された着衣、四肢《しし》に刻まれた無数の傷……一見すると少年のようにも見えるが、その顔立ちは紛れもなく女の子。年齢《ねんれい》としては十四ぐらいだろうか？　色気のない服装のせいで目立たないけれど、ちゃんと身なりを整えればかなりの美少女だろう。

そんな謎《なぞ》の少女は、自分が瞬殺《しゅんさつ》してしまった小毬を心配そうに見つめている。その罪悪感に満ちた表情がいたたまれなくて、俺はとりあえず声をかけた。

「あー、まあこいつなら大丈夫だ。そんなにやわな奴じゃないから。……それよりもさ、君――この世界の勇者、だよな？」

先ほどの動きからしてわかる。この子は強い。城で見かけた兵士長などとは次元が違うレベルだ。恐らくは召喚《しょうかん》された勇者ではない、この世界に生まれ、自ら魔王を討《う》つために立ち上がった勇者……いうなれば現地勇者といったところか。

すると、少女はためらいがちに頷《うなず》いた。

「……オレはアンリ。確かに勇者って呼ばれてた頃《ころ》もある。……まあ、『異界より真なる勇者が現れる』って女神様の託宣《たくせん》が下されるまでは、だけどな」

真なる勇者、か……まあ間違《まちが》いなく俺たちのことだろう。であれば、ここは謝《あやま》るべきか。

「あー、そいつは悪かったな……君の手柄《てがら》を横取りに来たみたいなもので……」

と頭を下げようとしたが、アンリはいぶかしげに首を振った。

「？　何で謝んだ？　手柄とか名誉とか関係ねーだろ。……まさか、オレがそんなことでお前らを襲《おそ》ったとでも思ってんのか⁉　てめえ、バカにすんじゃねえぞ！」

あ、あれ、違うのか……？

「わ、悪かったよ……でも、ならなんで俺たちを……？」

「決まってんだろ、確かめたかったんだよ。お前らに世界を託すだけの資格があるか。……この世界には大切な人がたくさんいるんだ。だから、みんなを助けてくれるなら誰だっていいし、何だって協力する。けど、もしそいつがただのペテン師なら……オレがこの手で始末してやる、って思ってさ」

と、アンリは少女らしからぬ殺意を込めて言う。その本気の眼を見れば俺でもわかる。この子は本当にこの世界を愛しているのだろう。

と、その時……

「──か、かかか、感動ですっ……‼」

いつの間に起きたのやら、熱い視線をこちらへ送る小毬。その瞳《ひとみ》は感涙《かんるい》に潤《うる》んでいる。

……面倒《めんどう》くさい予感だ。

「ご立派です！　勇者の鑑《かがみ》です！　かっこいいです！　えーっと……ヘンリーくん？」

「ア・ン・リ、だ！　それっぽい名前で呼ぶな！　あと、オレは女だかんな！」

「はい、アンリちゃんくん！」

「喧嘩《けんか》うってんのかてめえ？」

どうやらアンリも気づいたらしい、小毬という少女に対しては心配など無用ということに。

「っつーか、こんなくだらない話してる場合じゃねえだろ！　お前、さっきのはなんだ⁉　弱い、弱すぎる！　いいか、あいつは……魔王・ギーグジョルグは強い！　残忍《ざんにん》で、狡猾《こうかつ》で、あらゆる手で意表をついてくる！　あんな腕《うで》じゃ間違いなく返り討ちだぞ！」

と怒涛《どとう》の如き勢いで詰め寄られた小毬は、しょんぼりと肩《かた》を落とした。

「あうぅ……そうですよね……私は弱くて役立たずで何の価値もなくて……ぐすん……」

「あっ、いや、別に、オレも言い過ぎたっていうか、そういうんじゃ……」

涙を見るや急におろおろし始めるアンリ。こいつ、意外とちょろいタイプなのか？

「ま、まあまあ落ち着けよアンリ。俺たちはあくまでバックアップ要員だからさ。ほら、もう一組の人らがいたろ？　あの人たちはちゃんと強いから。それにな、こいつだってやる時はやるんだぜ？　安心してくれ」

「はっ、恭弥さんってばそんなに私のことを……!?　ぐすん、きょ、恭弥さ〜ん!!!」

「わっ、ちょ、くっつくなって！　鼻水つくから!!」

「ほんとかよ……」

と、アンリは心配そうな溜《た》め息《いき》をつく。……だが、それからふと思い直したように首を振った。

「……でもまあ、あんたが言うなら信用できるか」

「え？　なんで俺？」

「だって、お前強いんだろ？」

「……なんでそう思う？」

「なんでって、んなもん決まってんだろ。ただの勘《かん》だよ。そう見えたってだけ」

なるほどね、参考になります。力を気取られないよう常に隠蔽魔術《いんぺいまじゅつ》を発動させてはいるが、ごく純粋《じゅんすい》な武人としての眼は誤魔化《ごまか》せないらしい。今後は立ち居振《ふ》る舞いにもっと気を配る必要がありそうだ。

「いや……別に俺は強くはないけどさ、君にそう言ってもらえるのは嬉しいな。……さっきの一閃《いっせん》、見事だった。そっちこそ相当強いんだろ？」

もちろん、彼女の力は転移勇者の持つ固有異能には遠く及《およ》ばない。……が、足の運びや視線の動き、呼吸のリズムまで含《ふく》めて、彼女の戦い方は必ず次の一手につながっていた。小毬が一撃《いちげき》でやられたせいでわからなかったが、恐らくは五、六十手先まで想定して剣を振るっていたのだろう。まさしく達人の域である。

　すると、アンリは照れたようにはにかんだ。

「べ、別に、オレは強くなんかねえよ。これ《剣》しかなかっただけさ。……結局、何にも守れなかったしな」

　そう呟《つぶや》く少女の頬《ほお》に、暗い影《かげ》が差した。

「親父《おやじ》も、お袋《ふくろ》も、村のみんなも、全部魔王に奪《うば》われた。だから仇《かたき》を討つために戦い始めたのに、あいつには全然届かない。それどころか、どんな戦いでもいつだってギリギリで、今こうして生きてるのも奇跡《きせき》みたいなもんさ。だから、『勇者』って呼ばれなくなってほんとはホッとしてたんだ。だってオレは、弱っちいただの復讐《ふくしゅう》者だからさ」

　そう呟いて、アンリは自嘲的《じちょうてき》に笑った。

「だから、やっぱさっきのは嘘だね」

「え……？」

「誰が世界を救うかなんてどうでもいい、って言ったけどさ、本当は違う。オレは……自分の手で魔王を討ちたかった。あいつを真正面から叩きのめしてさ、『くたばれ糞《くそ》野郎《やろう》』

って言ってやるんだ。そんでオレが生まれたこの世界を、自分の手で救いたかったんだ。だって、そう思わなきゃ……最初から剣なんて握《にぎ》ってないだろ？」

自分の手で世界を救いたい──それは奇《く》しくも小毬と同じ願い。ともすれば野心や名声欲と呼ばれそうなそれは、しかし、俺には不純なものには見えなかった。

「う、ううう～、ますます感動しましたっ！　アンリちゃんくん、私、あなたを応援《おうえん》します！」

「だ、だからそれやめろって！　つーかくっつくな！　照れんだろ！」

と、深刻な空気から一転、わちゃわちゃし始める二人。こうしているとなんだか姉妹のようにも見えてくる。

そんなやりとりの中、俺はそっと席を立った。部屋のバルコニーからは城下町がよく見える。そうしてしばらく風にあたっていると、背後から声がした。

「──なんじゃ、一丁前にたそがれおって。ちゅーにびょーというやつか？」

「そんなんじゃねえって。つーか、寝すぎだぞ」

「仕方ないじゃろう？　これも力を回復させるためじゃ」

「ほんとかよ」

フェリスと交わすのはいつも通りのぞんざいなやりとり。だけどわかる。こいつは俺のために来てくれたんだ。きっと、俺が話したがっていたのを察してくれたのだろう。

だから、俺はその疑問を口にした。

「……なあ、フェリス、なんで俺たちなんだ？　あんなにこの世界を思っている奴がいるのに、なんで別世界の俺たちが勇者として召喚されるんだ？　女神が力を与えるってんなら、ああいう現地の勇者に与えればいいじゃないか」

アンリを見ていると強くそう思う。彼女には魔王《まおう》を討つという固い信念があり、この世界に対する深い愛がある。多くの者を犠牲《ぎせい》にし積み上げた力があって、多くの者と紡《つむ》いできた物語がある。『勇者』と呼ばれるのにふさわしい人間がいるとしたら、それは彼女をおいて他にいないはず。だというのに、なぜ……？

「そうじゃのう、実際、女神たちとて現地勇者で対処できるのであればそうしておる。だがどうにもならない時には、そなたら地球人が必要なのじゃ」

「だから、なんで俺たちなんだよ？　だいたい、俺たちの世界には魔法《まほう》なんてないし、元の身体能力だって低いだろ？　わざわざ弱いはずの地球人を使う意味って……」

「あるのじゃよ。なにせ、そなたらの世界はそういう役目として造られておるからのう」

と言って、フェリスは幾《いく》つか名称《めいしょう》を口にした。

「『大樹の守護者』、『無辜《むこ》の果実』、『女神の天剣』……呼び方は様々じゃが、そなたら地球人は元来ずば抜けた力を持つ戦士として作られておる。じゃが、その力を無制限に使えてしまえばそなたらは簡単に自滅《じめつ》してしまうじゃろう。ゆえに、世界樹の監視者《かんし》たる女神族の補助があって初めて力が解放できるようになっておるのじゃ」

女神と地球人……二つで一つの防衛装置。確かに火薬と火種を一緒《いっしょ》に保管する愚者《ぐしゃ》はいないだろう。理屈《りくつ》として筋は通っている。

だが、そうなるともう一つの疑問が。

「だとすると、女神と人間が共同で運営するこの学園って……」

「ああ、危険じゃな」

フェリスはきっぱりと言い切った。

「女神どもめ、一体何を考えて禁忌《きんき》を犯《おか》しているのやら。じゃが何にせよ、ここで勘ぐったところで詮無《せんな》きことよ。こういう時はどーんと構えておくものじゃ」

と、思い出したように魔王風を吹《ふ》かせるフェリスは、それから大きな欠伸《あくび》をした。

「ふぁ～、わしはまだおねむじゃ。そろそろ戻るぞ」

「……ああ」

確かにフェリスの言う通り、ここで悩《なや》んでいても答えなんて出ないだろう。

そうして俺は踵を返す。……が、この長い夜はまだ終わってくれそうになかった。

「――っ⁉」

「むう、これは……！」

耳鳴りに似た奇妙《きみょう》な違和感《いわかん》。大気中の魔力《まりょく》がさざ波立つ気配。間違いない、かなり強力な空間転移魔法の感触《かんしょく》だ。

そして室内にいたアンリもまた、同じものを察知したらしい。

「――こ、この気配……⁉」

血相を変えてバルコニーに飛び出してきたアンリは、遠くの空をじっと睨《にら》む。その眼には並々ならぬ憎悪《ぞうお》の灯《ひ》が。

「……心当たりがあるのか？」

「ある、なんてもんじゃねえ……！　これはあいつの――ギーグジョルグ《魔王》の気配だ……！」

アンリが言い終えたまさにその時、〝ソレ〟は姿を現した。

『んご～きげんよ～う、哀《あわ》れな家畜《かちく》のみなさ～ん‼　この俺ちゃんが遊びに来てやったぜえ～！』

不気味な白塗《しろぬ》りの相貌、けばけばしい紅の衣装、至る所に散りばめられた悪趣味《あくしゅみ》なドクロ模様……巨大《きょだい》な空間の裂《さ》け目《め》から現出したのは、奇怪《きかい》な道化師《どうけし》の姿をした巨人《きょじん》。その大きさたるや周囲の山々がミニチュアに見えるほど。

　そんな不気味な道化師――魔王・ギーグジョルグは城を見下ろしてにんまり笑った。

『え？　なになに～？　『何しに来たのか』って？　決まってんじゃーん。愛《いと》しいあの子に会いに来ちゃったのよ～！　……ってことで～――いえ～い、アンリちゃーん、み～てるぅ～？!!　この前はよ～くも俺様の四天王ちゃんを皆殺《みなごろ》しにしてくれたじゃないの～！　大事な部下を失った悲しみで、俺ちゃんってば夜も眠れねえんだぜぇ？　なあ、おめえにこのせつね～気持ちがわかるかぁ?!　おめえもパパやママを殺されたらきっとわかるぜ!!』

　と見え透《す》いたウソ泣きをした後、ギーグジョルグはけろりと笑った。

『って、そっか！　お前のパパとママ、もうとっくに俺ちゃんが殺してたんだっけ！　ぎゃははははは！　わりーわりー、うっかり忘れてたわ～!!』

「あいつ……!!」

　唇《くちびる》を噛《か》むアンリの腕を、俺はそっと掴《つか》み留める。

　これはあからさまな挑発《ちょうはつ》。アンリを誘《さそ》い出そうとしているのだ。……にしても、まさか魔王が直々にお出ましとはな。

（おいフェリス、魔王って向こうから来るのもありなのかよ）

（ふむ、優雅《ゆうが》ではないが……戦略としては正しいじゃろうな）

勇者が成長しきる前にその芽を摘《つ》む……確かに合理的だ。だが、ここまで乗り込まれてただで帰すほど人間側も弱くはなかった。

『――照準よーし、放て――！』

城内に轟《とどろ》く号令。と同時に、城壁《じょうへき》に並んだ砲門《ほうもん》が一斉《いっせい》に火を噴《ふ》いた。――今は戦時中。魔《ま》族《ぞく》の襲撃に対する備えは万端《ばんたん》ということらしい。

数百の砲門から放たれる巨大な魔《ま》法弾《ほうだん》。恐らくは常日《つねひ》頃《ごろ》から魔術師《まじゅつし》部隊によって魔力が蓄《たくわ》えられていたのだろう。総火力だけで言うならば、あの鬼島の固有異能に匹敵《ひってき》するほどの威力《いりょく》だ。

そうして夜空を駆ける無数の弾丸《だんがん》は、一直線にギーグジョルグへと肉薄し――あっけなく頭部を粉砕《ふんさい》した。

「――おお……！」

「――やった、やったぞ！」

「――魔王を倒《たお》した……！」

城下町から沸《わ》き上がる歓声《かんせい》。頭部を失いゆっくりと倒れ往《ゆ》くギーグジョルグを見て、人々は勝利を確信したのだろう。……だが、そうじゃない。むしろそれは始まりの鐘《かね》に過ぎなかった。

『──ケケケ……さあ、パーティのはじまりだ〜〜〜!!』

どこからか響き渡《わた》るギーグジョルグの声、と同時に巨人の輪郭《りんかく》がぶくぶくと膨《ふく》れ始める。

そして膨張《ぼうちょう》が限界に達した刹那、ギーグジョルグの体が風船の如くパンと弾《はじ》け──次の瞬《しゅん》間《かん》、中から無数の悪魔《あくま》の群れが飛び出した。

「な、なんという数だ……?!」

数千、数万……いや、数百万はくだらない悪魔の大軍勢。あの巨体《きょたい》は幻影魔術《げんえいまじゅつ》により作られたダミー、中には無数の配下が隠れ潜《ひそ》んでいたのだ。

わざわざ勝利を錯覚《さっかく》させてから恐怖《きょうふ》のどん底へと突《つ》き落とす──ジョークにしては些《いささ》か悪趣味が過ぎるんじゃないか？

「……ちょっと下がっていてくれるか？」

俺は一歩前へ進み出る。現れた大量の魔族たちは、今まさにパニックに陥《おちい》っている城下町へと向かっている。このままでは三分と経《た》たぬうちに大虐殺《だいぎゃくさつ》が始まるだろう。こうなってしまった以上、もう『目立ちたくない』だのとは言っていられない。

俺は悪魔の群れへ照準を定めると、空間ごと圧縮を開始する。……が、術式を行使する間際《まぎわ》、〝彼《かれ》ら〟は既《すで》に動き出していた。

「──向こうから来てくれるとは、手間が省けたな」

バルコニーに現れたのは、既に臨戦態勢を整えたA班の四人。

そしてその先頭に立つ京極は普段《ふだん》通りの冷静な声で命じた。

「お前たち、わかっているな？　――いつもの手順だ」

リーダーの命に揃って頷く三人。そして一斉に詠唱《えいしょう》が始まった。

「――《あまねく満たす偽りの陽光《ギフト・ノヴァ》》――」

「――《天恵萌芽《てんけいほうが》》――」

「――《レアリオン・イノ・シュア・セレナード》――」

三者三様に行使された術式は、いずれも恐ろしく強力無比な強化魔法《バフ》。その尋常ならざる濃度《のうど》から見て、恐らくは各々《おのおの》の固有異能なのだろう。そしてその過剰《かじょう》なまでのバフを受ける先は、リーダーである京極ただ一人。みるみるうちに京極のオーラが膨れ上がっていく。……三人の支援《しえん》を受けた京極による一点突破《とっぱ》――それがA班の戦闘《せんとう》スタイルということか。

かくして超常《ちょうじょう》の力を得た京極は、迫《せま》りくる悪魔の群れへそっと右手をかざした。

「《風陣・壱式《エアレイド》》」

――コンマ0・0001秒後、数百万の魔物《まもの》の大群が血の霧《きり》となって霧散《むさん》した。

一抹《いちまつ》の断末魔《だんまつま》すら残らない、一瞬《いっしゅん》未満の大虐殺。あまりに速すぎて、きっと殺された魔物たちすら何が起きたか気づかなかっただろう。市民たちが未《いま》だに空を見上げているのも無理はない。彼らの眼からすれば、突然《とつぜん》魔物の群れが消滅《しょうめつ》したようにしか見えなかったのだから。

……だがここには、俺たち以外にも真相を見抜《みぬ》ける者がいた。

「――おーおー、綺麗な花火じゃねえの～！」

空から響いて来たのは、誰であろうギーグジョルグ本人の声。見れば、人間サイズのギーグジョルグが遥《はる》か上空でふわふわ浮かんでいる。恐らくはあれが本体。文字通り高みの見物のつもりなのだろう。

そうしてギーグジョルグは、まるで他人事《ひとごと》のようにパチパチと手を叩《たた》いた。

「にしてもたまげたぜぇ、まさかこれほどとはな～。異世界の戦士様ってのはダテじゃあないねぇ～」

ギーグジョルグが口にしたのは、まるでこちらの存在を知っているかのような台詞《せりふ》。いや、〝ような〟ではない。現にこいつは知っていたのだ。

「いやあ、時空間魔法と召喚魔法《しょうかんまほう》の合わせ技だったからさ～、一応確かめに来たんだけどよ～、まさかマジで異世界から助《すけ》っ人《と》を呼んでるとはな～。……あれ？　ってことはもしかして……アンリちゃんクビ?!　ぎゃははははっ、かあいそ～!!」

どうやら魔術の気配からこちらの存在を予期していたらしい。先ほどの挑発も、ここへ直々に出向いて来たのも、すべては俺たち転移者の実力を測るためだったということか。

やはり相手は魔王。一筋縄《ひとすじなわ》で行く相手ではない。

けれど、それを知ってなお京極は動じなかった。

「我々の存在を知りながらここへ来たのか……愚《おろ》かだな、貴様は」

「ひゅ～、きーびし～！　でもしゃーねーじゃん？　ほら、あれだよあれ。新品の玩具《おもちゃ》もらってはしゃいでるガキ見るとさ、つい目の前でそれをぶっ壊《こわ》してやりたくなるだろ？……あれ？　ならない？　これ俺ちゃんだけ？」

などとおどけたギーグジョルグは、それからにんまりと笑った。

「まあでも、要はそれと同じことよ。どうしても叩き潰《つぶ》したくなったんだよな～。はしゃいでる家畜共の前で、お前らっていう新しい玩具《勇者》をなぁ……!!」

次の瞬間、夜空一杯《いっぱい》に展開される無数の魔法陣《まほうじん》。ギーグジョルグの多重高速詠唱だ。織りなされた術式からは恐ろしい濃度の邪気《じゃき》が漏れ出ている。

「な、なんて力だ……!?」

展開された術式を前にして、アンリは戦慄《せんりつ》に目を見開く。

魔法陣を形成する禍々《まがまが》しい魔力の塊《かたまり》――術を発動せずとも、それだけであらゆる生命を死滅《しめつ》させるほどの穢《けが》れに満ちている。何もかもがふざけているギーグジョルグだが、その実力だけは本物のようだ。

「ケケケ、本当はこれ、アンリちゃんへのプレゼントだったんだけどよ～。ま、それはお前ら殺してからにすりゃいいっか？　そんじゃ、いっくぜ～――《ヴォルディア・ヴェルヴォラス》!!」

連結した多重魔法陣から放たれるのは、魔族のみが使える闇《やみ》属性魔法――《ヴォルディア・ヴェルヴォラス》。対象のあらゆる機能を破壊《はかい》する呪殺の奥義《おうぎ》だ。どんな防壁《ぼうへき》も、どんな祝福も、この呪詛《じゅそ》の前ではすべてが無意味と化す。

そうして放たれた不可避《ふかひ》の呪《のろ》いは、巨大な毒蛇《どくへび》の如くうねりながら牙《きば》を剥《む》き――京極の右手であっさりと消し飛ばされたのだった。

「……はあ？」

信じられないといった顔で口を開くギーグジョルグ。

《ヴォルディア・ヴェルヴォラス》が防がれた……それだけでも普通《ふつう》は有り得ないことなのに、問題はその方法だ。防御魔法《ぼうぎょまほう》でも、対抗呪文《たいこうじゅもん》でもない。京極は単純な魔力のみで術をねじ伏《ふ》せたのだ。とんでもない力量差がなければできない芸当である。

「あっれ～？　っかしいな～？　かっかっか、わりいわりい、ちょ～っとばかし手加減がすぎちまったかな？　これ、俺ちゃんの悪いくせなんだよな～、つーい遊んじまうの。そんじゃ、次はもうちょい本気で……」

と、それでも相変わらずへらへら笑うギーグジョルグ。……だが、そんな戯言《たわごと》に付き合ってくれるほど京極は優《やさ》しくはなかった。

「――いや、お前に次はない」

「あん……？」

と囁《ささや》いた時にはもう、京極はギーグジョルグの背後にいた。数十キロ以上も離《はな》れていたはずの上空で、さも当然のような顔をして浮いているのだ。

「てめえ、いつの間に……!?」

さすがのギーグジョルグもこれには反射的に手をかざす。既に迎撃魔《げいげきま》法《ほう》は詠唱済みだ。……が、その呪文《じゅもん》が放たれることはなかった。なにせかざした両手は……否、かざそうとした両手は、既に真っ二つに両断されていたのだから。

「……あ、あれ？　俺ちゃんの腕、どこ……？」

痛覚よりもなお迅い神速の一撃。それが眼前の京極の仕業《しわざ》だと気づいた時、へらついていたギーグジョルグの笑《え》みが初めて引きつった。

「ちょ、ちょっとタンマ……！　こんなの俺ちゃんのシナリオじゃ――」

と、尻尾《しっぽ》を巻いて逃《に》げ出そうとするギーグジョルグ。だが、それはあまりにも遅すぎた。

先ほどと同じ不可避の速度で風の刃《やいば》がうなりを上げる。刹那《せつな》、ギーグジョルグの足が、腕が、胴《どう》が……そして首が、バラバラの肉片《にくへん》となって落ちていく。目視すら許さぬ圧倒的《あっとうてき》なスピード――それはもはや戦いですらない、一方的な蹂躙《じゅうりん》である。

……けれど、腐《くさ》ってもギーグジョルグは魔王だった。

「――てめえ、そのツラ覚えたからなぁ……！」

首だけの状態で叫ぶや、ギーグジョルグはべろりと舌を出す。そこに刻まれていたのは小さな魔法陣――転移魔法の術式だ。非常時に備え仕込んでおいたものだろう。

もちろん京極とてみすみす逃がすはずはない。即座《そくざ》に風の刃を放つ。……が、コンマ一秒間に合わなかった。起動した転移魔法により、ギーグジョルグは首だけの状態で逃げおおせたのだった。

「チッ……逃がしたか。だがまあいい、今ので底は知れた。所詮《しょせん》はステージ：Ⅲだな」

またしても一瞬で城まで戻って来た京極は、ひどく退屈《たいくつ》そうに呟く。この世界最強の敵と刃を交えたというのに、汗《あせ》一つかいてはいない。

だがそれでも、アンリは厳しい声で警告した。

「ゆ、油断するなよ、あいつは狡猾だ！　まだ力を隠してるかも……！」

彼女はずっと勇者として戦ってきたのだ。ギーグジョルグのことなら誰よりもよく知っているのだろう。……が、そんな忠告に京極はあっさりと答えるのだった。

「小細工が通じるのは同格同士での話。心配は不要です」

いつも通り必要最低限の会話。アンリの顔を見もしない。現地勇者の助言など不要ということか。……いや、きっとそうじゃない。彼は今目の前にいる少女が現地勇者であることにすら気づいていないのだ。

けれど、それはある意味で当然だった。京極とアンリではあまりに力の差がありすぎる。巨大な象からしてみれば、蟻《あり》もバッタもさして変わらないのと同じこと。京極の眼から見れば、そこらの街娘《まちむすめ》もアンリも、等しく無力な〝一般人《いっぱんじん》〟でしかないのである。

その悪意なき無関心に気づいてしまったのだろう。アンリはただ静かに唇を噛んだ。

「……ああ、わかったよ……勇者様」

かくして、魔王の急襲《きゅうしゅう》という非常事態は終わりを迎えたのだった。

――――……

――――……

宵《よい》も深まって深夜二時。〝草木も眠る丑三《うしみ》つ時《どき》〟とはよく言ったもので、本来ならこのグランベル城下町も静まり返っている頃だ。……が、その城下町は今、真昼と紛《まが》うほどの大変なお祭り騒《さわ》ぎに包まれていた。

なにせ、魔王襲来《まおうしゅうらい》という大ピンチから一転、それを勇者たちが圧倒的な力で退けたのだ。彼らを信じていた者たちも、内心半信半疑だった者たちも、これには揃《そろ》って大歓喜《かんき》。みんなして夜の街で喜びを発散させている。

そんな人々の様子を、俺たちは城の窓から眺《なが》めていた。

「うわ～、賑《にぎ》わってますね～！」

「ララもいきたいですっ！」

「ダメだよ、ララちゃん。もう夜も遅《おそ》いし、私たちが外に出たら大騒《おおさわ》ぎになっちゃうよ」

「むー……」

「ふふふ、今度連れてってあげるから、ね？」

「やくそくです！　ぜったいです！」

と、無邪気に笑い合うララと小毬。いや、のんきなのは二人だけじゃない。

（わしも行きたいぞ！）

と、肩に乗ったフェリスが肉球でふにふにアピールしてくる。

（はいはい、お前もまた今度な。……だいたいさ……あれをほうっては行けないだろ）

俺はちらりと部屋の片隅《かたすみ》に目を向ける。そこには呆然と座《すわ》り込むアンリの姿があった。

「……まさか……魔王が、あああっけなく……」

零《こぼ》れる独り言からは、彼女の受けた衝撃《しょうげき》がひしひしと伝わってくる。実力者たる彼女だからこそ、先ほどの戦いがどれだけ一方的なものだったのか理解できてしまうのだ。自分が命を賭《と》してもなおお届かなかった敵が、まるで虫けらの如く捻《ね》じ伏せられたショック……俺にはどんな言葉をかければいいのかわからない。

と、そんな折だった。

コンコン――と響くノックの音。

「はーい！」

と小毬がドアを開ければ、廊下《ろうか》に立っていたのは一人の青年。

長めの前髪《まえがみ》に質素な服装……特徴《とくちょう》のない平凡《へいぼん》なその顔立ちには見覚えがある。出発前に少し喋《しゃべ》ったA班の隊員だ。

ララもまたそれに気づいたのか、小毬の後ろに隠れながら可愛《かわい》らしい威嚇《いかく》を始めた。

「むむっ、えー班のすぱいですかっ！」

「え、す、スパイ……？」

と困惑《こんわく》する青年。慌《あわ》てて小毬が止めに入る。

「だめでしょ、ララちゃん。そんなこと言っちゃ、めっ、ですよ！」

「だってぇ～……ごめんなさいです」

「ふふふ、ちゃんと謝れてララちゃんはいい子だね～」

「えっへん、ララは優秀《ゆうしゅう》な女神《めがみ》なので！」

客人置いてけぼりで何をやってるんだこいつらは。

そんな二人を前に、青年は戸惑《とまど》いながらも用件を告げる。

「あ、あの……実は少しお話がありまして……」

と切り出した青年は、それから不意に頭を下げた。

「日中は僕《ぼく》らのリーダーが大変失礼なことを言ってしまい、申し訳ありませんでした」

「……え……？」

「京極さんも悪い方ではないのですが……ドライというか、生真面目《きまじめ》というか……任務は任務として最短効率で済ませようとしているのです。なので、印象の悪い物言いになってしまうことも多々ありますが、決して悪気があるわけではありませんので、どうかご容赦《ようしゃ》いただければと……」

青年が口にするのは何とも丁寧《ていねい》な謝罪。それだけのためにわざわざ来てくれたらしい。

「ふむ、お前はなかなか見所があるですね。特別にララが許してあげるです」

「ははは、これはどうもありがとうございます、女神ララ様」

とララに対しても優しく接する青年は、それからアンリの方へと向き直った。

「それから、あなたにも。アンリさん……ですよね？　ダムラス王から伺《うかが》いました。あなたがずっとこの世界を守って来た、と」

そうして青年は深く頭を下げた。

「――本当に申し訳ありません。突然やってきた部外者の僕らが、魔王を横取りするような形になってしまい……本来なら、世界を救うのはあなたのはずだったのに……」

「いや、オレは別に……みんなを守れればそれで……」

とアンリは面食らって口ごもる。正直、俺《おれ》も同じ気持ちだ。出発前にも思ったが、この上級生、今まで学園で見た勇者たちとは随分《ずいぶん》と態度が違《ちが》う。

俺はつい気になって尋《たず》ねてしまった。

「えーっと、あなたは……？」

「あ、申《もう》し遅《おく》れました。僕は新堂勇樹《しんどうゆうき》……A-25班でサポート役をしています。まあ、一番の下《した》っ端《ぱ》ですね、ははは……」

と自虐《じぎゃく》気味に笑う勇樹。その姿を見て、アンリは思わず呟いた。

「オレ、てっきり異世界の勇者ってのは《京極》あんなのばっかかと思ってたぜ……」

そうだな、俺もそう思って……って、いや待て。俺らも一応異世界勇者なんだが。こいつの中では既に別カテゴリに分類されているのか。

そしてそれを聞いた勇樹は、『人それぞれですよ』と微笑《ほほえ》んだ。

「一口に勇者と言っても、強さも経歴もバラバラですから。僕なんか、個人のランクはF……一番下の落ちこぼれです。それに……実績としても本当ならあなたたちB班に近いですから」

どういう意味だろうかと首を傾《かし》げると、それを察したように勇樹は答えた。

「学園に呼ばれる前……元々召喚された世界で、僕は失敗したんです。戦士としても人間としても、僕は弱くて臆病《おくびょう》だった。一度大きな戦いで死にかけた後、どうしても怖《こわ》くて先に進めなくなってしまったんですよ」

それはきっと思い出したくない過去なのだろう。勇樹の頬が苦しげに歪《ゆが》む。だがそれでも、勇樹は言葉を接《つ》いだ。

「そんな時、見かねた女神様が学園から救援《きゅうえん》を呼んでくれたんです。彼らと共に魔王を倒して僕は救世紋《もん》を得ました。だけど……僕はあのままなら確実に世界を救えていなかった。だから、本当はあなたたちと同じ側にいるべきだったんです」

暗い顔で俯《うつむ》いてから、勇樹はハッと我に返った。

「って、すみません、何を話してるんですかね、僕は」

誤魔化すような照れ笑いを浮《う》かべた勇樹は、それからもう一度深く頭を下げた。

「とにかく、今日は一言お詫《わ》びをと思いまして。それでは、失礼いたしました」

「あ、待ってください、一緒にお茶でもいかがですか？」

立ち去りかけた勇樹を引き止める小毬。折角《せっかく》仲良くなれそうな相手だ、このまま謝罪だけさせて帰すのは忍《しの》びない。

けれど、勇樹は申し訳なさそうに首を振《ふ》った。

「お誘いはありがたいのですが……実は、あまり時間がなくて。僕らはこれから魔王討伐《まおうとうばつ》に出発します。といっても転送魔術《まじゅつ》を使いますので、夜明けには決着がついているでしょう」

聞いていた予定よりも早いが、恐《おそ》らく先の戦闘で手傷を与《あた》えたため、回復される前に畳《たた》みかけるのが良いという判断だろう。それに関しては俺も同意見である。

「そ、そうなんですか！　頑張《がんば》ってくださいねっ！」

「はい、それでは、行って参ります」

と穏《おだ》やかな笑顔《えがお》で言って、勇樹は今度こそ去って行った。

「はあ……ああいう人ばかりなら、A班とも付き合いやすいんだけどな……」

勇樹の柔《やわ》らかな物腰《ものごし》を思い出しながら、俺は思わずぼやく。すると、肩の上でフェリスが笑った。

（そうかのう、わしは勇者たるもの傲慢《ごうまん》なぐらいの方が好きじゃぞ。……そういえば、わしの知っている奴《やつ》にもおったかのう、強い癖《くせ》にびくびくしておる奴が。くっくっく……）

そりゃ悪うございましたね、と心の中で舌を出した時、背後から「ふわあ～」と可愛らしい欠伸の音が。見れば、ララが寝落《ねお》ち寸前で舟《ふね》をこいでいる。幼女には少々遅すぎる時間だ。

「ふふふ、疲《つか》れちゃったのかな？」

「ああ、俺たちもそろそろ寝ようか」

こうして初遠征《はつえんせい》の一日が終わった。色々と考えさせられることはあったが、何はともあれ朝には魔王が討伐されているはず。それでこの世界は救われるのだ。とりあえず今は、それを素直《すなお》に喜ぼう。

※※※※※

そうして一晩が過ぎた明朝。

城下に大きな鐘の音が響《ひび》き渡る。——A班の帰還《きかん》を知らせる鐘だ。勇樹が言っていた通り、あっという間の決着である。まあ、俺の眼から見ても実力差は圧倒的。当然の結果だろう。

「迎《むか》えに行きましょう！　ね、アンリちゃん！」

「あ、ああ……」

「ふわぁ……ララも……ララもいくです……」

「そうだな、出迎《でむか》えぐらいはしないとな」

と、俺たちは四人＋一匹《ぴき》で街へ降りていく。早朝だというのに門前には多くの人だかりが。そりゃ勇者様ご一行の凱旋《がいせん》だ。歴史的瞬間に寝てなんていられないのだろう。あたりはまるでコンサート会場のようなざわめきに包まれている。

……だが、何か変だ。

口々に囁き交《か》わされるのは、歓喜の声ではなく不安の囁き。

人々の顔に浮かぶのは、勝利の笑顔ではなく恐怖の表情。

何かが決定的におかしい。

俺たちは妙《みょう》な焦燥《しょうそう》感に駆《か》られ人垣《ひとがき》の中心へと足を速める。そうしてたどり着いた正門前……そこに勇樹はいた。――ただし、血にまみれたボロボロの姿で。

「ゆ、勇樹さん……?!」

駆け寄る俺たちの眼の前で、勇樹は力尽《ちからつ》きたように倒れ伏《ふ》す。だがそれでも右手を持ち上げ宙に魔法陣を描《えが》くと、そこからどさりと何かが落ちてきた。

「そ、そんな……みなさんまで……!?」

落ちてきたのは他でもない、残りのA班のメンバーたち。勇樹同様ひどく傷つき昏倒《こんとう》している。きっと最後の力を振り絞《しぼ》り、勇樹がここまで連れ帰ったのだろう。

そうして役目を果たした勇樹は、かすれた声で呟いた。

「――ごめん、なさい……僕らは……失敗、した……」

彼の残した言葉はそれだけ。力尽きた勇樹はそのまま意識を失ってしまう。

何があったのかなど誰《だれ》も知らない。

だがこの場にいる全員にわかることが一つだけ。

――勇者は敗北したのだ。

こうして悲鳴と混乱の中、新しい一日が幕を開けた。

第四章　魔王

　Ｂ班用の客室にて、俺たちは揃って報《しら》せを待っていた。誰も言葉を発さないまま、じっと座り込んでいる。時計の音が嫌《いや》に大きい。

　と、そこへアンリが駆けこんできた。

「アンリちゃん、どうでしたか⁈」

　すぐさま立ち上がる小毬《こまり》。だが、アンリは暗い顔で首を振った。

「ダメだ、全員目を覚まさない。医術師長の話によれば、命に別状はないけど魂魄《こんぱく》が抜き取られてるって。……さっき恭弥《きょうや》が言ってた通りだ」

　勇樹《ゆうき》を除く三人の根源が奪《うば》われていることは一目でわかった。根源とは精神そのもの。いくら外傷を治しても、根源を取り戻《もど》さない限り目覚めることはない。唯一辛《ゆいいつかろ》うじて無事だったのは勇樹だけだが、彼もまた心身ともに大きな損傷を受けている。根源が回復するまでの数日はまともに話を聞くのは不可能だろう。

「根源が……一体どうやって……？」

と、困惑する小毬。けれど問題はそこじゃない。根源を分離《ぶんり》する方法など無数にあるからだ。だから本当に問題なのは、〝どうやってやったか〟ではなく、〝誰がやったか〟の方なのだ。

（ふむ、げせんのう……）

（ああ……）

フェリスの呟《つぶや》きに、俺は念話で頷《うなず》く。

先の戦闘を見る限り、あの魔王ははっきり言って話にならない弱さ。とてもA班を返《かえ》り討《う》ちにできるとは思えない。

しかも問題は四人だけにとどまらなかった。

「なあ、ちびっこ女神さん、そっちはどうだった？　もう一人の女神様から連絡《れんらく》は……？」

アンリに尋ねられたララは、しょんぼりと首を振った。

「だめです……フレイフェシア様、答えてくれないです。どこにいるかもわからないです……」

そう、あの敗戦の後、A班の担当女神までもがいなくなってしまった。状況的《じょうきょうてき》に考えて、恐らくはA班と一緒にやられてしまったのだろう。

「ってことは……学園ってとこからの救援も期待できないんだな？」

「……ごめんなさいです。ララ、まだ一人じゃゲート作れなくて……」

「気にしないでララちゃん！　ほ、ほら、私もよく目玉焼き失敗するしっ！」

しょぼくれるララによくわからない慰《なぐさ》めをする小毬。だが、どう誤魔化《ごまか》そうとこの消沈《しょうちん》ムードだけはぬぐい切れない。

その空気に耐《た》えかねたのか、アンリが不意に踵《きびす》を返した。

「ま、待ってアンリちゃん！　どこ行くの⁉」

「……勇者としての役目を果たす」

少女の横顔には明確な決意が刻まれている。こちらから打って出るつもりなのだろう。

「だ、ダメだよ、危ないよ！」

と、慌てて制止する小毬。俺もまたその言葉に同意した。

「小毬の言う通りだ。やめといた方がいい」

「だけど、このままじゃ……！　街のみんなも不安がってるし、誰かが何とかしないと！」

「だからこそ、だ」

俺はできるだけ落ち着いた声を取り繕《つくろ》う。

「みんな恐怖におびえてる。そんな時に頼《たよ》れるのは誰だ？　ずっと世界のために戦ってきたお前だろ？　そんなお前が街を離れたら、みんなもっと不安になるぞ」

人々の心に寄り添《そ》うこと……それは余所者《よそもの》の俺たちにはできない、土着の現地勇者にしかできない役目だ。

「それにな、俺たちは追い詰《つ》められたわけじゃない。学園と連絡が取れないなら、そのうち向こうも異変に気付くはずだ。そうなれば必ず高ランクの部隊が救援に来てくれる。焦《あせ》るべきなのはむしろ敵の方ってことさ。だから、俺たちは態勢を整えて待っていればいい。それが今やるべき最善の策だ。違うか？」

そう筋道立てて説明すると、アンリは渋々《しぶしぶ》ながらも頷いた。

「……あんたの言う通りだ。けど、ただ待ってるのは性に合わねえ。ちょっと見回りに行ってくる」

「ああ、それがいい。街の皆もお前の顔を見れば安心するだろう。……小毬、お前もついていってやれ。二人の方が安全だ」

「は、はいっ！」

効果があるかはわからないが、一応馬鹿《ばか》な真似《まね》をしないよう監視役《かんしやく》だ。

そして念には念を、俺は出て行く間際の小毬を呼び止めた。

「あ、ちょっと待て」

「？　どうしました？」

「こいつを持っていけ」

そう言って、俺は懐《ふところ》から銀の指輪を取り出した。

「ちょっとしたお守りだ。身に着けとくといい。まあ、気休め程度だけどな」

「えへへ、ありがとうございます！」

そうしてドアから去っていく二人。その背中を見送った後、俺はそっとララの隣《となり》に腰《こし》かけた。

「おい、大丈夫《だいじょうぶ》か？」

「へ、平気です、ララは賢《かしこ》い女神なので……」

初任務でこんなことになるなんて、本当はひどく動揺《どうよう》しているはず。それでも強がるあたり、こいつもなかなかに大した奴だ。

「そうか、けど少し休んだ方がいい。昨日も夜遅《よるおそ》かったしな」

俺はそう言ってお昼寝《ひるね》を促《うなが》す。普段ならちょうど、フェリスと一緒《いっしょ》にぐーすか寝ている時間だ。恐ろしい現実よりも、夢の世界の方が幼女には優しいだろう。ララはおとなしくベッドの中で丸くなる。……だが離れようとした時、童女の小さな手が服の裾《すそ》をちょこんとつまんだ。

「その……い、一緒に寝てあげても、いいですよ……？　きょうやが怖がるといけないので……」

布団《ふとん》に半分隠《かく》れながら、おずおずと呟くララ。それがなんともいじらしくて、俺は思わず笑ってしまった。

「ああ、そうだな。そうしてもらえるとありがたい」

俺は幼女の隣に横たわると、そっとその髪《かみ》を撫《な》でてやる。すると、安心したのだろうか、ララはあっという間にすやすや寝息《ねいき》を立て始めた。……よほど気を張っていたのだろう。

そうして静かにベッドを抜け出したところで、足元からフェリスの声がした。

「……それで、どうするつもりじゃ」

「どうって……何のことだ？」

「じゃから、おぬしはどう動くのじゃ？」

なんだ、今更《いまさら》そんなことを聞くのか。

「さっきも言ったろ、ここは待ちだって」

「……本当にそのつもりか？」

「なんだよ、それが正しいだろ？」

敵の手の内がわからない以上、それ以外にやれることはない。焦ったら負け、は戦闘の基本じゃないか。

けれど、フェリスはどこか不満そうに呟いた。

「……そうか、ならよいのじゃが」

「なんだよ、変なやつだな。それより、悪いけど俺も休ませてもらうぜ。夜の見回りは俺の担当だからな」

――――……

――――……


時計の針が午前二時を指す。

A班の敗走から丸半日。この異世界で二度目の夜が来た。

見張り役の俺は今、使われていない城の倉庫に来ている。

（このあたりでいいか……）

人の気配がないことを確認《かくにん》してから、石壁《いしかべ》にそっと手をかざす。――次の瞬間、壁に扉《とびら》のような紋様《もんよう》が浮かび上がったかと思うと、まばたきする間に現実の門となって現れる。

そしてその扉が開かれた先に待っていたのは、巨大《きょだい》な宝物庫だった。

七色に輝《かがや》く王冠《おうかん》に、聖なる光を纏《まと》う宝剣《ほうけん》、複雑な呪文の刻まれた鎧《よろい》の隣には禍々《まがまが》しいオーラを放つ魔導書《まどうしょ》。床《ゆか》という床は眩《まばゆ》い金貨で埋《う》め尽《つ》くされ、大粒《おおつぶ》のダイヤが石ころみたくあちこちに転がっている。

『万宝殿《パンテサリウム》』――元々はフェリスが所有していた異界の宝殿だ。中には征服《せいふく》した三千世界の財宝すべてが収められている。決戦前に譲《ゆず》り受けて以来、今の所有者は俺。宝具たちは魔《ま》力《りょく》を震《ふる》わせて使って欲《ほ》しいとアピールしてくる。

だが、目当ての宝具は既に決まっていた。

万宝殿の最深部……封印《ふういん》された扉の奥《おく》に鎮座《ちんざ》していたのは、一見すると何の変哲《へんてつ》もない一振《ひとふ》りの剣《つるぎ》。他の財宝と違って俺に媚《こ》びることもなく、ただ静かにたたずんでいる。こいつだけは未だに懐《なつ》いてくれないのだ。

「そろそろデレてくれてもいいんじゃねえの?」

と呟いてみるも、もちろん反応はない。俺は軽く深呼吸をしてから柄《つか》を握《にぎ》る。触《ふ》れただけで全身から根こそぎ力を奪われるこの感覚は、何度味わっても慣れないものだ。

こいつを抜くことにならなければいいのだが。

ともかくこれで用事は済んだ。腰に差した剣を隠蔽魔《いんぺいま》法《ほう》により透明化《とうめいか》させ、俺は万宝殿を後にする。

そうして扉を消したその時だった。

「――やはり行くつもりか？」

背後から聞こえてきたのはフェリスの声。……ま、やっぱお見通しだよな。

「さすがにバレてたか？」

「当たり前じゃ。何年の付き合いじゃと思っておる？」

まあ俺だって誤魔化せるなんて思ってはいなかったさ。

「まったく、あれだけドヤ顔で『今は待つのが正解だ』とか言ってたくせにのう」

「ははは、みんなには後で謝《あやま》らなきゃな」

と笑ってから、問うた。

「……止める気か？」

「なんじゃ、止められるようなことをしている自覚はあるのか？」

「うっ……」

逆にそう問われ、俺は言葉に詰まる。舌戦《ぜっせん》でこいつに勝てる気はしない。

すると、フェリスは大きく溜《た》め息《いき》をついた。

「ふん、安心せい。今のわしにそなたを止められる力などないわ。……それとも、泣いてすがれば行かないでくれるか？」

「……振りほどける自信はないかも」

　と素直に答えると、フェリスは快活に笑った。

「くははははは！　正直なおのこは好きじゃぞ！」

　そうしてフェリスは真面目《まじめ》な声で言うのだった。

「まっ、男が決めたことじゃ。今更口を出すこともないじゃろう。それに……この世にそなたを害せるものなどおるはずもないからのう」

「おいおい、そりゃ過信しすぎだよ」

「むしろおぬしがびびりすぎなのじゃ。そなたはこのわしを倒《たお》した勇者じゃぞ？　胸を張らねばわしに失礼じゃ！」

「倒したって……あらんかぎりの手加減されて、な。こちとら三万年間も負け続けたんだ、自信持てって言われても無理だっての」

　人のこと散々ボコボコにしといてよく言うぜ。……だけど、お陰《かげ》で少し肩《かた》の力が抜けた気がする。

「じゃあちょっと行ってくる。すぐ戻るよ」

「うむ、あまり女を待たせるでないぞ？」

　そうして俺は宙空に転移魔法《まほう》の術式を描く。

昨夜の戦いで魔王《まおう》は一つミスを犯《おか》した。A班から逃亡《とうぼう》する際、俺の見ている前で転移術式を使ったことだ。既《すで》に術式は解析《かいせき》済み。であれば、あとは全く同じ術式を再現すれば――

(――とりあえず、第一段階はクリアだな)

魔法を発動した次の瞬間《しゅんかん》、俺は古びた城門の前に立っていた。

(さて、魔王は……あそこか)

城門を押《お》し開けながら気配を探《さぐ》る。やはりというべきか、魔王の気配があるのは城の最上階。ただ気になるのは、城内の魔物《まもの》や感知魔法の類《たぐい》がいやに少ないこと。恐らくはA班によって壊滅的《かいめつてき》な被害《ひがい》を受けたのだろう。彼《かれ》らはここまではたどり着いていたのだ。

やはり魔王にやられたのか、それとも別の何かか……いずれにせよ確かめる方法は一つ。

俺は真《ま》っ直《す》ぐ城内を進む。別に見つかったところで問題はない。迎撃《げいげき》に来た魔物は片《かた》っ端《ぱし》から始末するだけ。魔法など使わなくても、視線にちょっと魔力をこめればそれで十分。俺に見られた瞬間、魔物たちはバタバタ絶命していく。仮にも魔王城なら、もう少し強い部下を配備しておけばいいのに。A班にやられて人材不足なのだろうか？

そうしてたどり着いた最上階。そこは恐ろしく巨大な広間だった。

壁際《かべぎわ》に並んだ魔物の剥製《はくせい》、天井《てんじょう》から吊《つ》り下げられた不気味な人形たち、飾《かざ》られた絵画や彫刻《ちょうこく》はどれも気色の悪い抽象画《ちゅうしょうが》ばかり。そんな悪趣味《あくしゅみ》な部屋の中心に、魔王・ギーグジョルグはいた。俺の姿を見ても何の反応もせず、長テーブルに座ったまま血の滴《したた》るステーキを貪《むさぼ》っている。

そうして食事を終えたギーグジョルグは……「はあ～」と深い溜め息をついた。

「んも～、またかよ～！　勝手にひとんち上がり込んで来る奴、最近多いんだよな～。俺ちゃんってばプライベート邪魔《じゃま》されるのでえっきれえなんだよ～」

と、心底うんざりしたように嘆《なげ》くギーグジョルグ。

「おい誰か～、あいつつまみ出しちゃってよ～」

配下たちに向かって大声で命じるが、答える者はいない。そりゃここに来るまでに皆殺《みなごろ》しにしてしまったのだから当然だ。

「はー、どいつもこいつも使えねえなあ……はいはい、わかったわかった。相手してやるよ。んで、ご用件は？　弟子《でし》入り希望？　伝説のアイテムの押し売り？　あ、それとも宗教勧誘《かんゆう》か～？　残念だけど、俺ちゃん無神論者なのよね～」

だるそうに問われたので、俺は答えの代わりに軽く魔力を生成する。どうやらそれで伝わってくれたらしい。

「あー、なに、そっち？　今日はそーゆー気分じゃないんだけどな～。マジでやんの？……でも、まあいいや。適当に遊んでやんよ。俺ちゃんってばやっさし～」

と自画自賛したギーグジョルグは、それから軽く小指を立てた。

「ってことで……こんなもんでいい？」

小指の先に展開されたのは、王都襲撃《しゅうげき》時に見せた暗黒魔法・《ヴォルディア・ヴェルヴォラス》。だが、同じ呪文《じゅもん》でも中身は大違《おおちが》い。魔力含量《まりょくがんりょう》、構成密度、起動速度……すべてが規格外に向上している。もはや別物と呼んでも過言ではない。

だが……

「いや、悪いがもう少し本気を見せてくれるとありがたい」

展開された術式をかき消しながら頼《たの》んでみる。鬼島《きしま》と違って術式干渉《かんしょう》用の防壁《ぼうへき》を貼《は》ってはいるが、はっきり言ってお粗末《そまつ》。こんなものが本気なはずがない。俺はA班が敗れた真相を見極《みきわ》めに来たのだ、全力を出してもらわないと困ってしまう。

「へえ、術式干渉……やるねえ。んじゃあこれは？　こっちは？　ほれほれこいつはどうだい？」

まるでテストでもしているかのように、矢継《やつ》ぎ早《ばや》に展開される魔法陣《まほうじん》。術式はより複雑に暗号化され、防壁も多重にかけられている。……が、フェリスのそれに比べたらそんなもの無いも同然。片っ端から撃《う》ち落とすだけだ。

すると、ギーグジョルグは感心したように口笛を吹《ふ》いた。

「ひゅ～、すげえなお前。そいつも《固有異能》ってやつか～？」

「……なぜそれを知っている？」

その用語を知っているのは学園の者だけなはずだ。

「なぜって？　んなもん、俺ちゃんが勉強熱心だからに決まってんじゃ～ん。だから～、そーゆー陰キャ戦法への対策もバッチシなのよね～」

嘘《うそ》か真《まこと》か、ゲラゲラ笑ったギーグジョルグは、それから高らかに叫《さけ》んだ。

「《ヴォルディア・パラ・ランダミア》――！」

刹那《せつな》、無数に展開する魔法陣。一見すれば先ほどの繰《く》り返しに見えるが、そうではない。

《無作為投影《パラ・ランダミア》》――あらかじめ設定した脳内書庫《ライブラリ》から直接術式を投影する戦略魔法様式。ライブラリを維持《いじ》するため常に脳と魔力のリソースを割《さ》き続けねばならず、あくまでコピーを投影するだけという性質上術式の威力《いりょく》も期待はできない。正直使い勝手の良くない魔術記法だ。だがその代わり、術式のコピペを繰り返すだけなので連射が利《き》き、展開速度もかなりのもの。そして何より、表に出すのは投射された影《かげ》だけであるため、術式改変に対する有効な対処法になるのだ。――やはりこいつ、魔術戦というものをよく心得ている。

ただし、《無作為投影》には明確な弱点が一つ。

「24種か……少ないな」

良くも悪くも、《無作為投影》が撃ち出す魔法は複製されたコピー。それゆえ戦闘《せんとう》中にアレンジを加えることができない。……であれば話は簡単だ。攻撃性《こうげきせい》を無力化する専用の対抗魔法《たいこうまほう》をその場で構築するだけ。それだけで何万発複製されようとすべて遮断《しゃだん》できる。たとえるなら、あいつは型の変わらないインフルエンザウイルスをひたすら撒《ま》き散らしているようなもの。どれだけ大量にばらまこうと、同じ型である以上ワクチン一つで完封《かんぷう》できてしまうのだ。

「おいおい、対抗魔法ってお前……んなもん実戦で使う奴はじめて見たぜ？　おまえ、相当な魔術オタクだな？」

攻撃が無意味と知ったのか、ギーグジョルグは早々に《無作為投影》を打ち切る。そして……大きな大きなため息をついた。

「はあ～～～……ったく、わかった、わーったよ。真面目にやるって。あーあー……俺ちゃん、本気出すの嫌なんだよな～。なんかマジんなっちゃってる奴ってだせーじゃん？こういうのはさ～、テキトーに遊ぶから楽しいんじゃんな～」

などと聞いてもいない主義をぺらぺら喋り始めたギーグジョルグは、しかし、微《かす》かにその目つきを鋭《するど》くした。

「でもいいぜ、俺ちゃんってば優《やさ》しいからな。ちゃーんと殺してやんよ」

刹那、ギーグジョルグの体内で膨《ふく》れ上がる魔力。何百、何千……いや、何万倍か？　明らかに尋常《じんじょう》な強化ではない。

「これが……お前の本気……?!」

「なーに言ってんのよ、まだ七割ってとこだぜ？　どうよ、チビったか～？」

確かに、正直言って驚《おどろ》いた。

やっぱり、こいつ――

「……弱すぎる……」

「はあ？　おめえ、今なんつった？」

これで七割だと？　それが本当だとしたら……こいつ、フェリスの練習用ゴーレムよりもずっと弱いじゃないか。魔王というのはもっと絶対的なものじゃなかったのか？

……いや、だとすれば真相は一つか。

「教えてくれ。本当の魔王はどこだ？」

「ははっ、んなもんいねえよ！　この俺ちゃんこそがナンバーワンにしてオンリーワン！　おわかり～？」

と答えるが、まあそれはわかり切った反応だ。黒幕の正体をぺらぺら喋《しゃべ》るほど馬鹿ではないだろうし、きっと契約魔法《けいやくまほう》か何かで制約が課せられているはず。素直に聞いたところで意味はない。だから……

「……仕方ない、よな……」

拷問《ごうもん》、調伏《ちょうぶく》、洗脳、読心——情報を引き出す手段など幾《いく》らでもある。正直気乗りはしないが……この際そうも言っていられないだろう。

だが、俺とは正反対にギーグジョルグの方はやる気満々の様子だった。

「なあよぉ、おめえ、さっきからなんなん？　もしかしてだけどさァ、この俺ちゃんのことザコ扱《あつか》いしてる？　ハー、むっかつくな～！　俺ちゃん、久しぶりにキレちまったよ。遊んでやろうと思ってたけどやーめた。——お前さ、もう死ねよ」

ギーグジョルグの瞳《ひとみ》に殺意が宿る。次の瞬間、その指先に魔法陣が展開された。……が、それは何ともちゃちなもの。大きさは手のひらサイズしかなく、魔力も実に弱々しい。

ただし、それはあくまで最初だけ。一つだった魔法陣は不意に二つに分裂《ぶんれつ》し、次は四つに、さらには八、十六、三十二、六十四……と、一秒ごとに倍々に増殖《ぞうしょく》していく——

「カース系最上級魔法・《ヴォル・ヴ・ヴォラノール》——知ってるかい？　こいつを喰《く》らった奴はただ死ぬんじゃねえ。痛み、苦しみ、飢《う》え、乾《かわ》き、悪寒《おかん》に苦熱にその他《ほか》もろもろ！　この世の苦痛という苦痛を味わい尽くした挙句、魂《たましい》まで腐《くさ》り落ちてくたばるんだぜ！　どうだい、そそるだろう？　俺《おれ》ちゃんこの呪文だ～いすきなのよ！」

と、ギーグジョルグは世にもおぞましい笑《え》みを浮かべる。

「ちなみに～、お優しい俺ちゃんだから教えてやるけど～、こいつにてめえの術式改変は効かないぜ～？」

今や部屋を押し潰《つぶ》さんばかりに肥大化した《ヴォル・ヴ・ヴォラノール》だが、その実態はあくまで自己増殖《ぞうしょく》する呪《のろ》いの集合体。その一つ一つが小規模ながら独自に完結している。ゆえに術式の書《か》き換《か》えでは追いつかず、また、単なるコピペではなく変異を繰り返しながらの増殖であるため対抗魔法も意味をなさないのだ。

「っつ～ことで～――地獄行《じごく》　超特急《ちょうとっきゅう》ツアー、一名様ごあんな～い!!!」

嬉々《きき》とした笑声《しょうせい》と共に解き放たれる呪詛《じゅそ》。そのサイズは既に部屋よりも大きい。術式改変は効かず、対抗魔法は無意味、もちろん逃《に》げ場《ば》などどこにもありはしない。

――結果、俺は真正面から《ヴォル・ヴ・ヴォラノール》の直撃《ちょくげき》を喰らったのだった。

「ヒャッハ～！　モロだぜモロ！　ほらほら、かわいい悲鳴きかせてみろよ～！　げひゃひゃひゃひゃひゃ――――！」

勝利を確信したのか、ギーグジョルグの高笑いが部屋中に木霊《こだま》する。……けれど、それは徐々《じょじょ》に萎《しぼ》んでいった。

ああ、やっと気づいたのか。

「ひゃひゃひゃ──はぁ？　ちょ、ちょっと待て、お前──なんで平気なんだ⁉」

今や数百万種にまで増殖したおぞましき呪詛の塊《かたまり》は、しかし、一つとして俺に対して効果を示してはいない。そのことにようやく気が付いたらしい。

「て、てめえ、一体どんな魔法を……⁈」

よほど想定外だったのか、柄にもなく動揺を顕《あら》わにするギーグジョルグ。うーん、不思議だ。なんでそんなことわざわざ聞くのだろうか？　俺が何をしたかなんて、見りゃわかるだろ？

「──何も。俺は何もしてないよ」

「は、はあ……⁈　んなわけねーだろ！　おちょくってんのか⁈」

「いや、実は師匠《ししょう》がスパルタでな。呪詛も魔術も嫌というほど浴びてきたんだ。おかげで耐性《たいせい》がついちまって、下級呪文程度なら効かない体質になっちまったんだよ」

と、俺はありのままを答えるが、それがかえって火に油を注いでしまったらしい。

「か、下級だとぉ⁈　《ヴォル・ヴ・ヴォラノール》はカース系の最上級術だろうが！」

「ん？　ああ、それはお前が使える中での、って意味だろ？」

「んな……！　このガキィ……！」

こいつの使う魔法などフェリスに比べたらすべて下級以下、というか魔法と呼ぶのさえ憚《はばか》られるお粗末さだ。実際、これまで撃たれた呪文も防ぐ必要などなかった。一々対処していたのは単に術式偽装《ぎそう》を警戒《けいかい》してのことだ。そして今あえて受けたのには別の理由がある。

「だけど、撃ってくれて助かったぜ。おかげでようやく解析ができたよ」

身をもって魔力を受けたことでやっとわかった。かなり巧妙《こうみょう》に隠蔽《いんぺい》されているが、こいつの中にはこいつのものじゃない別の魔力《バフ》がある。王都襲来《しゅうらい》時と比べて異常に強くなっていたのも、すべてはこのバフによるものだったのだ。

そしてそれが意味するところは……

「……悪いな、時間がなくなった。そろそろ終わろう」

「お、終わるだと……⁉　どういう意味だ……⁉」

何かを察したのか、ギーグジョルグが僅《わず》かに後ずさる。だが俺は答えない。もう構っている時間はないし、その必要もなくなったのだから。……ただ、我ながらさすがに身勝手だとは思う。いきなり押しかけて、こちらの都合で終わりだなんて。だから……

「せめてものお詫《わ》びに、お前が好きって言ってた魔法でけりをつけよう」

そうして俺はそっと囁《ささや》いた。

「《ヴィヘルム・ヴォル・ヴ・ヴォラノレア》」

　刹那、俺の指先に展開する魔法陣。最初は小さな単体だったそれは、二つ、四つ、八つ……と自動で増殖していく。そこまではギーグジョルグが使ったものと同じだ。けれど、この術の真価はそんなものではない。――展開して数秒、宙空に《ヴィヘルム・ヴォル・ヴ・ヴォラノレア》自体がもう一つ生み出されたのだ。そして二つの術式は混じり合い、さらに巨大な魔法陣となってまた増殖を開始する。複製、増殖、結合、そして進化――生命と同じサイクルが数億倍の速度で繰り返され、そのたびにより強力でより強大な呪いが生み出される。その速度たるや、既に城全域が術式によって蝕《むしば》まれているほど。

　そう、ギーグジョルグは《ヴォル・ヴ・ヴォラノール》を普通《ふつう》の攻撃魔術《こうげきまじゅつ》として使っていた。だが本来の用途《ようと》は違《ちが》う。これは〝崩界魔術〟……すなわち、単体ではなく世界を攻撃する際に使う魔法なのだ。もちろん今回は範囲《はんい》を魔族領に限定しているが、少なくともこれでこの世界の魔族は根絶やしだろう。

「あ、有り得ねえ……なんでてめえが魔族の魔法を……⁉　お前、本当に人間かっ⁉」

　もはやおどける余裕《よゆう》もないらしく、愕然《がくぜん》と目を見開くギーグジョルグ。必死で《ヴィヘルム・ヴォル・ヴ・ヴォラノレア》に攻撃魔法《こうげきまほう》を撃っているが、すべて飲み込まれて新たな呪いの糧《かて》になるだけ。残念だが、あいつの全魔力を使ったところで呪詛の一つすら止められはしない。俺が術を起動した時点であいつはもう終わったのだ。

だが立ち去りかけた俺は、最後にもう一度だけ振《ふ》り返った。一つ伝えなきゃいけないことを思い出したのだ。

「そうそう、お前の大好きなアンリから伝言だ。――『くたばれ糞野郎《くそやろう》』」

そうして俺は今度こそ踵を返す。広間の扉を閉めたところで、中から断末魔《だんまつま》の悲鳴が聞こえてきた。きっと、〝この世の苦痛という苦痛〟とやらを味わい尽くしているのだろう。

だけどそんなことにはもう興味などなかった。俺はただ己《おのれ》の愚《おろ》かしさを悔《く》いる。そうだ、ちゃんと考えればわかったはずだ。魔王を凌駕《りょうが》する転移勇者のパーティ……それを倒し得る存在など、たった一つしかないことに。

（頼むから、無事でいてくれよ……！）

第五章　落伍勇者

時計の針が午前二時を指す。

小毬《こまり》はハッと目を覚ました。

――いけない、三時間もうたたねをしてしまった。

今日の話し合いでは、見張りには交代で立つことになっている。そして夜は恭弥《きょうや》が担当する時間帯だ。……けれど、そんなの関係なく小毬は起き上がる。今は世界の危機。見張りの眼は多い方が良いに決まっているのだ。

そうして小毬は眠《ねむ》っているアンリたちを起こさぬようそっと部屋を抜け出す。城の廊下《ろうか》はひんやりした静謐《せいひつ》に包まれていた。

（え～っと……恭弥さんは……？）

何はともあれまずは合流しなければ。こういう時スマホが使えないのは不便である。

だが、そこは持ち前の能天気さ。歩いていればそのうち向こうから見つけてくれるだろう、という謎《なぞ》の自信をもって適当に歩き出す小毬。

と、その時。廊下の向こうに人影《ひとかげ》が。

まさか侵入者《しんにゅうしゃ》か⁈　と身構えた小毬は、その正体に気づくや別の意味で声をあげた。

「うそ……勇樹《ゆうき》さん……⁈」

夜半にばったり出くわしたのは、他でもない勇樹だったのだ。

「目が覚めたんですね！　よかった……！」

心底ほっとしながら駆《か》け寄ると、小毬はわたわたとおせっかいを焼き始める。

「大丈夫ですか⁈　痛いとこないですか⁈　お水もってきましょうかっ⁈!」

「え、あ、いえ、大丈夫です……」

その勢いに気おされてか、何やら戸惑《とまど》っている様子の勇樹。恐《おそ》らく目が覚めたばかりで混乱しているのだろう。聞きたいことは山ほどあるが、まずは医術師長に報告しなければ。

「ちょっと待っててくださいね！　すぐお医者様を呼んできますので！」

「あ、待ってください……」

と本人の制止も聞かず、小毬はばたばたと駆け出す。

だが、走りながら少しだけひっかかった。A班の四人は手厚い看護を受けていた。夜中でも交代で医術師がついていたし、警護の衛兵もたくさんいたはず。なのになぜ、彼は一人でこんなところを歩いていたのだろうか？

――そしてその答えは、角を曲がった先に待っていた。

「……え……？」

小毬の視界に飛び込んできたのは、倒れ伏《ふ》した衛兵たち。死んではいないようだが揃《そろ》って気を失っている。

（ま、魔族の襲撃……?!）

最悪の予想が頭をよぎる。だが、小毬はもう一つの違和感《いわかん》に気づいてしまった。そう、この廊下はつい数秒前に勇樹がやって来た方角なのだ。こんな状況《じょうきょう》を無視して歩いてくるはずもない。だとしたら、考えられる可能性は――

「ま、まさか……？」

恐る恐る振り向いたその時、背後から深い溜め息が聞こえてきた。

「――あーあ、だから待てっつったんだけどなあ……」

うんざりしたその呟きは紛《まぎ》れもなく勇樹のもの。だがその声音《こわね》に滲《にじ》む冷たい響《ひび》きは、小毬の知る温和な青年のそれではなかった。

「ったく、話きけっつーの、めんどくせー。……まっ、いいか。どうせ喰うつもりだったし」

と呟きながら、のんびりこちらに歩いてくる勇樹。倒れた衛兵たちには何の反応も示さない。

「ゆ、勇樹、さん……？」

思わず後ずさりながら、小毬は震える声で問う。

「ち、違いますよね？　こんなこと、あなたがするわけないですよね……？」

そう、これは何かの間違《まちが》いだ。そうに決まっている。勇樹は学園の仲間で、弱者の気持ちを思いやれる人で、誰《だれ》かを傷つけたりしない優しい青年で――

「はははは、察しが悪いな～。まあ、雑魚《ざこ》のB班だからしゃーねーか」

と嘲笑《ちようしよう》を浮《う》かべた勇樹は、それからあっさり告げた。

「――俺だよ。A班やったのはこの俺だ」

いともあっけなく口にされた自白。だが、小毬は未《いま》だ信じられない思いでいた。

彼がやった？　一体何を言っているのだろう？

「だって、だってあれは、魔王が……」

「あはは、あの魔王がそんな強いわけねーだろ？　ほんとはバフだけかけてあいつにやらせるつもりだったんだけどさ～、全然使いもんになんねーの。だから仕方なく俺が手を下してやったんだよ。しっかし、あの京極《きようごく》の驚いた顔とかマジ傑作《けつさく》だったわ。あいつ雑魚の癖《くせ》にえらそーでうざかったんだよなあ。クール気取ってんじゃねえっての」

と下品に笑う勇樹。その言葉遣《ことばづか》いはこれまでの彼とは似ても似つかない。

「わ、わからないです……あなたが何を言っているのか……」

動揺する小毬は、それでも一つの可能性に思い当たった。

「そ、そうだ！　何か事情があるんですよね⁈　だって、みなさん眠ってるだけですし、その、魔王の眼を欺《あざむ》くためとか……！」

と、一縷《いちる》の希望にすがりつく小毬。だが返って来たのは浅ましい嘲笑だった。

「あははは！　なんだそれ。あ、もしかしてさ、俺のこと本当は良いやつ、とかまだ思ってる？　あーあー、あるよねー、そういう展開。悪役の裏に悲しき過去あり、ってやつ？

——あっははは、んなわけねーだろバーカ‼」

心底愉快《ゆかい》そうに罵倒《ばとう》した勇樹は、それから唐突《とうとつ》に右手を掲《かか》げた。

「《エアレイド》——！」

刹那、小毬の隣に立っていた石柱が粉々に砕《くだ》け散る。悲鳴をあげる小毬だが、驚いたのはその威力に対してではない。

「い、今のスキルって……⁈」

そう、それは紛れもない京極の固有異能。しかも、速度も威力も完全に同じだったのだ。

「ハハハハ！　わかったか？　これが俺の固有異能——《天賦の簒奪者《スキルイーター》》！　こいつはそ

こらのスキルコピーとはわけがちげえ！　相手の根源を丸ごと奪《うば》っちまうのさ！　だからスキルの劣化《れっか》もねえし使用に制限もかからねえ！　どうだい、チートだろう⁉」

勇樹はひどく自慢《じまん》げに声を張り上げる。A班を殺さなかったのは慈悲《じひ》などではない。ただ利用するためだったのだ。

そうして言葉を失った小毬に対し、勇樹はこれ見よがしに肩を竦《すく》めた。

「つっても、結構苦労したんだぜ、こいつ《スキルイーター》を使いこなすの。召喚《しょうかん》されたばっかの時とか実質無能力でさ～。コツコツ魔物から能力集めてる間に学園の奴《やつ》らが来やがってよ。ほんとあいつらマジうぜー。人の獲物横取りしやがって、俺のこと落ちこぼれ扱いしてよぉ……！」

ぶつぶつ呟《つぶや》く勇樹の頰《ほお》は、未だに薄《うす》れぬ恨《うら》みで歪《ゆが》んでいる。

「でもさ、そこで思い直したんだよ。これは神様からのプレゼントだってな！　だってそうだろ？　学園の連中はどいつもこいつも揃ってチート能力持ち。こいつら全部食ったら、俺が世界最強じゃんってな‼」

と、勇樹は楽しげに笑う。そこで小毬は理解した。きっとこれが初めてじゃない。勇樹はこれまでもこうやって能力を集めてきたのだろう。魔王《魔王》の仕業《しわざ》や事故に見せかけ、仲間を裏切り、世界を犠牲《ぎせい》にして……ただ己の欲望のためだけに。

「まっ、そーゆーわけだからさ、君も俺の餌《えさ》になってくれるよね？」

そう優しく微笑《ほほえ》みながら、のんびりと歩いてくる勇樹。そう、ここまでペラペラ自白したのは、最初から無事で帰すつもりなどなかったからだ。……だが、それぐらいのこと小毬にだってわかっている。ゆえに、心の準備はできていた。

「……勇樹さん、私はあなたをやっつけます……！」

静かに剣を引き抜《ぬ》く小毬。その瞳には本気の覚悟《かくご》が灯《とも》っている。――が……

「え……？　君が、俺を……？」

と、ぽかんと口を開けた勇樹は……それから一転して大笑いを始めた。

「いやいやいや、無理でしょ。だって君、弱いじゃん」

腹を抱《かか》えて笑いながら、勇樹は面と向かってはっきり告げる。

「これでも俺さ、結構食ってきたからわかるけど……君、才能ないよ。マジ今まで見た中で最弱？　あ、それともあれかな？　俺が食うために殺さない、とか高をくくってるわけ？まあ間違いじゃないけど……でもね、逆に言えば、殺しさえしなければ手足の二、三本もいだって大丈夫なわけ。ほら、こんな風にさ――《エアレイド》!!」

再び急襲《きゆうしゆう》する不可視の風撃。もちろん小毬とて身構えてはいた。予想していた通りのタイミングで攻撃が来たのだ。だが……それはあまりにも速すぎた。当然だ。何十体もの魔王を屠《ほふ》って来た風の刃《やいば》が、未熟な落伍勇者などに破れるはずもないのだから。

ゆえに、小毬は当然の如く正面から切り裂《さ》かれ――――ようとしたその直前で、風の刃はバラバラにはじけ飛んだ。

「は……？」

《エアレイド》は確かに小毬をとらえたはず。信じられない光景に驚愕《きょうがく》する勇樹。そしてそれは小毬も同じだった。なぜ無事でいられたのか自分にもわからないのだ。

だがそこで気づいた。胸元《むなもと》に何か熱い感触《かんしょく》がある。そうして小毬が胸ポケットから取り出したのは、小さな銀の指輪だった。

「これ、恭弥さんの……？」

『お守りだ』と言われて手渡《てわた》された指輪……それが今、尋常ならざる魔力を放っているのだ。そしてその指輪に対し、勇樹は小毬よりもずっと驚愕していた。

「おい、おいおいおい……なんだそれ？　その魔力……幻界級《げんかい》……いや、神話級の代物《しろもの》じゃねえか⁉　なんでお前なんかがそんな宝具を……？」

恐れおののいたような表情は、しかし、すぐに残忍《ざんにん》な笑みへと変わった。

「……いや、別にいっか。どうせそれも俺のものになるんだからさあ！」

再び小毬を襲《おそ》う真空の剣。その威力は先ほどよりもさらに増している。襲い来る《エアレイド》は、今や一つ一つが触れれば即死《そくし》の死神の鎌《かま》。いかに神話級の指輪とて、その衝《しょう》撃《げき》まで防ぎきることはできなかった。

「うぅっ……！」

一撃《いちげき》入れられるごとに、バットでフルスイングされているような衝撃が小毬を襲う。全身は瞬《また》く間《ま》にあざだらけ。呼吸すらままならない。立ち上がっては弾《はじ》き飛ばされ、起き上がってはまた弾《はじ》かれる。もはやサンドバッグだ。わずか一分も経《た》たないうちに無様に床へ転がる小毬。

そんな彼女《かのじょ》を、勇樹は薄ら笑《わら》いを浮かべながら見下ろしていた。

「なあ、もう諦《あきら》めね？　あんただって嬲《なぶ》り殺《ごろ》しにされんの嫌《いや》っしょ？　その指輪渡《わた》してくれたらさ、もう怖《こわ》いこととかしないから。な？」

地べたを這《は》いずる小毬に、一転して優しく声をかける勇樹。無論それを鵜《う》呑《の》みにするほど小毬は愚かではない。だがこのままでは、彼の言う通り嬲り殺しにされるだけ――

その時だった。

「――ひとの世界で好き勝手やってんじゃねえよ――！」

「っ……!?」

響き渡る少女の声――と同時に、勇樹の背後から見舞《みま》われる鋭い一閃《いっせん》。さしもの勇樹も咄嗟《とっさ》に距離《きより》を取る。

その間に、現れたその人影は小毬に手を差し伸《の》べた。

「おい、大丈夫《だいじょうぶ》か？」

「あ、アンリちゃん……!?」

小毬の窮地《きゅうち》に現れたのは、他でもないアンリだったのだ。

「ったく……変な気配を感じると思って来てみりゃ、とんでもねえことになってんじゃねえか。よくわかんねえけど、こいつが黒幕ってことか？」

と、アンリは勇樹に向けて剣を向ける。

すると、勇樹は大きく溜め息をついた。

「んだよ、現地勇者かよ……お呼びじゃないんだけどなあ……」

面倒《めんどう》くさそうにぼやいた勇樹は、しかし、すぐに思い直したらしい。

「でもまっ、魔王の仕業に見せかけるならお前もやっといた方がいいか。そんじゃ、適当に死んどいてよ」

再び振るわれる不可視の刃が、正確無比にアンリの首を狙《ねら》う。——だが無残に両断される刹那、アンリの手が動いた。

「《閃斬烈花《せんざんれつか》》!!」

それは刀身に魔力《まりょく》を宿しただけの、ごく単純な魔法剣《まほうけん》。しかし固有異能に比べれば取るに足らないその力で、アンリは襲い来る風刃をすべて叩《たた》き落としたのだ。

「へっ、剣筋《けんすじ》がバレバレだぜ……！」

「……ふうん、君、意外とやれるんだ」

と素直《すなお》に感心した様子の勇樹は、それから試《ため》すように笑った。

「じゃあこれは？　これならどう？　ほらほらほらほら‼」

怒涛《どとう》の如く繰り出される無慈悲《むじひ》な連撃。その一撃一撃《いちげきいちげき》が必殺《ひっさつ》技と呼ぶに足る威力だ。当然アンリがいなしきれるはずもなく、あっという間に少女の体に生傷が刻まれていく。誰の眼にも実力差は歴然だ。

……だが、小毬は気づいた。無数の傷を負ったアンリだが、一つとして深いダメージはない。的確に密度の薄いところを突《つ》き、膨大《ぼうだい》な力をそらすことで、致死《ちし》の刃を最小限の被害でさばいているのだ。

圧倒的《あっとうてき》な実力差——それがどうした？　いつだって彼女の前に立ちはだかる魔物は強大だった。相手の方が強いなんて、わざわざ言われなくても当たり前。知恵《ちえ》と、技術と、信念と、ありったけの幸運と……それから、ひとかけらの勇気。己の持つちっぽけなもの全部を振り絞《しぼ》り、本来ならば決してかなわぬ強敵に挑《いど》む者——だからこそ人々は、彼女を

〝勇者〟と呼んできたのだから。

「へへっ、こんなもんかよ、転移者様ってのは」

「ふん、よく言うぜ。ぎりぎりな癖によぉ」

くだらない強がり、なんてのは百も承知。今までだってそうやって戦ってきたのだ。

……だがしかし、勇樹はこれまでの敵とはレベルが違った。

「でもいいぜ、その挑発《ちょうはつ》、乗ってやる。だからよーく見とけよ?」

と余裕の表情で笑う勇樹は、それから口早に呟き始めた。

「——《あまねく満たす偽りの陽光《ギフト・ノヴァ》》、《天恵萌芽《てんけいほうが》》、《レアリオン・イノ・シュア・セレナード》……《天恵萌芽》《天恵萌芽》《天恵萌芽》《天恵萌芽》《天恵萌芽》《天恵萌芽》《天恵萌芽》《天恵萌芽》——」

「なっ……?!」

狂《くる》ったように勇樹が唱えるのは、A班が使っていた強化の固有異能。それを幾重《いくえ》にも際限なく重ねているのだ。一度使うたび倍々ゲームの如くあらゆるステータスが膨れ上がっていく。

本来であれば、強さとは厳しい訓練の末に手にするもの。だというのに、一言呟くだけで常人の一生分を超《こ》える力が軽々と勇樹の手に転がり込んでいく。その冗談《じょうだん》じみた光景を前にして、アンリは言葉を失うしかなかった。

「ふー、とりあえずこんなもんかな～。……ん？　なになに、どうしたの？　驚いてるわけ？　ははっ、バフかけてから殴《なぐ》るとか常識っしょ？　君らゲームとかやったことないの？」

《固有異能》――女神《めがみ》の与《あた》えし守護者としての力。一つだけでも魔王級の力を誇《ほこ》る代物だ。

だがもし、そんな固有異能を掛《か》け合わせたとしたら、その威力は――

「――喰らえよ、《エアレイド》」

世界そのものが破裂《はれつ》したかと紛《まが》うほどの力の奔流《ほんりゅう》。アンリもまた最大の攻撃魔法を以《もっ》ていなそうとする。……だが、そんなものは一つの意味も持たなかった。

それはたとえるなら、ちっぽけなアリがどんなに牙《きば》を研《と》ごうとゾウに勝てないのと同じ。技術、戦略、作戦……そんなものは結局のところ同じ土俵に立つ者同士での話。絶対的すぎる力を前にしては、いかなる小細工も通用しないのだ。

そうしてアンリが切り裂かれる間際《まぎわ》、小毬は咄嗟に飛び出した。

「アンリちゃんっ!!」

小毬が身を挺《てい》して盾《たて》となった瞬間、二人を巨大《きょだい》な暴風が襲う。指輪ですら防ぎきれぬ余波によって、少女たちの体はいともたやすく廊下の端《はし》まで弾き飛ばされた。

「う、うぅ……アンリちゃん、大丈夫、ですか……?」

朦朧《もうろう》とする意識の中で立ち上がる小毬。あれだけの魔法《まほう》を正面から喰らってなお、指輪は固く彼女を守っていたのだ。……ただし、それはあくまで〝小毬は〟の話。アンリの姿を見た瞬間《しゅんかん》、小毬の顔から血の気が引いた。

「……ぐ、う……」

「アンリちゃんっ⁈」

倒《たお》れ伏したアンリは全身血まみれ。小毬が盾になったことで辛《かろ》うじて致命傷《ちめいしょう》は避《さ》けられたものの、もはや戦闘はおろか逃げることすらできはしないだろう。

そこへゆっくりと勇樹が歩み寄って来た。

「あはははは、すげーすげー！　よく生きてたじゃん！　マジ感心したわ！」

と白々しく褒《ほ》め称《たた》えた勇樹は、それから意地悪く唇《くちびる》を歪めた。

「あ、そうだ。ご褒美《ほうび》にいいこと教えてやるよ。さっきから使ってるこの魔法《エアレイド》だけどさ……これ、最初級呪文だから」

「え……?」

「あははは！　いいね、その顔！　たまんね～！　ちなみにあと十七段階あるから、順番に見せてやるよ。まあ、それまで生きてたら、だけどさ?」

もはや絶望的なまでの力量差。このまま弄《もてあそ》ばれながら嬲り殺しにされる――最悪の予想が頭をよぎったその時だった。

「大丈夫、探知除《よ》けの結界も貼ってあるから、だーれも来ないよ。このまま朝までたっぷり――」

と言いかけた勇樹が不意に口をつぐむ。そして焦《あせ》った様子で遠くの空へ振り返った。ちょうど魔王《まおう》城の方角である。

「……は……？　冗談だろ……？　あいつ、死んだ……？　いや、有り得ねえ。この世界にあいつを殺せる奴がいるはず……」

驚愕と動揺《どうよう》の入り混じった声で呟いた勇樹は、ハッと何かに気づいたように小毬を睨《にら》みつけた。

「……おい、もう一人の男はどうした？」

「きょ、恭弥さんなら、街の巡回《じゅんかい》に……」

「それ、本当だろうな？」

と訝《いぶか》る勇樹だが、真偽《しんぎ》を確かめる術《すべ》などないことはわかっているのだろう。すぐに首を振った。

「いや、まあいい」

そうして勇樹は冷酷《れいこく》に呟いた。

「とにかく事情が変わった。ってことでさ、お前ら……もう死ねよ――《風陣《テンペスト》・伍式》」

勇樹の掌《てのひら》から放たれる圧倒的暴威《あっとうてきぼうい》の渦《うず》。先ほどまでのが初級術という話は嘘ではなかったのだ。その過剰《かじょう》なまでの魔力を前にしては、もはや守護の指輪ですら耐《た》えられるかは定かではない。だがそれでも、小毬はせめて盾になろうと前へ出る。

だが暴風に食いちぎられる刹那、少女の耳に奇妙《きみょう》な音が聞こえた。

それは一筋の猫《ねこ》の鳴き声。あまりに場違《ばち》いすぎて、最初は幻聴《げんちょう》か何かだと思った。だが信じられないことは続く。――放たれたはずの《テンペスト》が唐突に掻《か》き消えたのだ。

「ああ？　なんだ……？」

小毬と同じく驚愕の表情を浮かべる勇樹。

そんな二人の眼前に降り立ったのは、一匹《ぴき》の黒猫《くろねこ》……いや、〝黒猫だったもの〟と呼ぶべきだろうか。なぜなら現れたソレは、みるみるうちに姿を変えていったのだから。

濡烏《ぬれがらす》色の黒髪《くろかみ》に、深い紅の瞳、彫刻《ちょうこく》の如《ごと》く整った相貌《そうぼう》……それは息をのむほどに美しい女で――

「――やれやれ、このわしとしたことが情けない、もってあと一発かのう……」

黒猫……もとい、元の姿になったフェリスは嘆《なげ》かわしげにぼやく。

無論、彼女の登場にその場の全員が唖然《あぜん》としていた。

「ね、猫ちゃん……ですか……?」

「なんだ、てめえは……?! つか、今、俺の魔法を……!?」

小毬は元より勇樹ですら困惑《こんわく》を隠《かく》せない様子。だがフェリスは説明より先に小毬へと命じた。

「よいか、小毬よ。わしが隙《すき》を作る。その子を連れてすぐに逃げよ」

と指示するや否《いな》や、フェリスはそのしなやかな指先を勇樹に向ける。そして一言だけ呟いた。

「──《spellzher《スフェル》》」

「?! ぐああああ!!!」

瞬間、勇樹の全身から炎《ほのお》が噴《ふ》き上がる。それは〝黒〟と呼ぶにはあまりに禍々《まがまが》しい極黒の炎。己を照らすはずの光さえも焼き尽《つ》くす、まさに地獄の業火《ごうか》だ。そんな炎に包まれた勇樹は悲鳴をあげて転げまわる。

だが……

「これ、早く逃げんか！　あれしきでは殺せんぞ！」

あっけに取られている小毬に向けて叫《さけ》ぶフェリス。見れば、その姿は既《すで》に黒猫に戻《もど》っている。何が起きているのか皆目不明《かいもく》。だが今はアンリを助けるのが先決だ。

小毬は命じられるがまま、アンリと黒猫を背負って駆け出すのだった。

※※※※※

「――はあ、はあ、はあ……」

「――ふむ、このあたりでよいじゃろう」

命からがら逃げだした先、二人と一匹が逃げ込んだのは城内の倉庫だった。

だが一息つく暇《ひま》もない。小毬はすぐさまアンリの傷を看《み》る。

「アンリちゃん、大丈夫ですか?! い、痛いですよね? こ、こんなに血が……うぅ……」

「へっ、なさけねえ声だすんじゃねえ……平気だよ、これくらい……」

蒼白《そうはく》な顔で立ち上がろうとするアンリだが、大丈夫であるはずがない。すぐにふらついて倒れ込んでしまう。すると、横からフェリスが呆《あき》れ声《ごえ》をあげた。

「これ、強がりは血を止めてからにせい」

と窘《たしな》めながら、さも当たり前のような顔で治癒《ちゆ》魔術《まじゅつ》を開始するフェリス。それがあまりに自然すぎたからか「あ、ああ、悪ぃな……」と流されかけたアンリは、すぐにぶんぶんと首を振った。

「って、そうじゃねえ！　おめえ一体何者なんだよ⁉」

どうやら猫に治療《ちりょう》されているこの状況に違和感を覚えたらしい。……が……

「だいたいさっきのあれ、どう見ても魔族《まぞく》の魔法じゃ――いだだだ！」

「これ、興奮すると傷が開くぞ。わしも今は手元が狂いやすい体でのう」

と軽くいなしたフェリスは、それから少し真面目《まじめ》な声で言った。

「ともかく、わしのことは気にするでない。今はただのカワイイ猫ちゃんじゃ。……それよりも考えるべきは『どうこの局面を乗り切るか』であろう？　それには何をおいても動けるようにならねばな」

「そ、そうですよ、アンリちゃん！　今は猫ちゃんの言う通り、怪我《けが》を治さなきゃ！」

小毬も心配そうに同意する。……けれど、アンリは焦ったように唇を噛《か》んだ。

「だけど、こうしてる間にあいつが何をするか……！」

城の皆《みな》はまだ勇樹の本性《ほんしょう》を知らない。狙いは自分たちなはずだが、あの狡猾《こうかつ》な勇樹のことだ、こちらが隠れていると知ればどんな手に出るか。もしも自分たちをおびき寄せる餌として民間人を利用されたりしたら――そう考えるだけで居ても立ってもいられないのだ。

大切な人々を想《おも》い胸を痛めるアンリ。……その横顔を見て、小毬はぐっと唇を引き結んだ。

「……私が行きます」

「は……？」

「私が城の皆に警告してきます！」

「ちょっと待て、一人でなんて行かせられるか！」

「そうじゃな、ここを離《はな》れるのは危険じゃ。その役目は治療のあとでわしが引き受ける」

焦って動けばそれこそ勇樹の思うつぼ。けれど、それを理解していながらも小毬は首を振った。

「ダメです、それじゃ間に合わないかも知れません！　それに、猫ちゃんもう戦えないんですよね？」

「だ、大丈夫じゃ！　力はなくともあんな小童《こわっぱ》に遅《おく》れはとらん！」

「いいえ、そんな危ないことさせられません！」

そう言って立ち上がった小毬は、あるものを差し出した。

「アンリちゃん、これを」

「は……？　これって……?!」

　小毬に手渡されたそれは、他《ほか》でもない恭弥の指輪――

「やっぱり私がいきます。だから、アンリちゃんはこれで猫ちゃんを守って」

「お前、死ぬ気か……?!」

「バカなことを考えるでない！　これは『フェベナの寵愛《ちょうあい》』……あらゆる術から身を護《まも》る神具じゃ！　この庇護《ひご》下から外れれば、奴の魔術で探知されてしまうぞ！」

「大丈夫です、うまく逃《に》げます。……私だって、私だって……勇者なんですから」

　今こうして生きていられるのは指輪のお陰《かげ》。これを手放してしまえば自分なんか簡単に殺されてしまう。そう、それぐらい小毬にだってわかっている。だがそれでも……ただ見ているだけなんてできっこないじゃないか。

　少女の瞳《ひとみ》に灯る決意の光。それを見たフェリスは小さく溜《た》め息《いき》をついた。

「……しょうがない奴じゃのう、言っても聞かぬか。なら好きにすればよい」

　と諦めたように告げたフェリスは、しかし一つだけ付け加えた。

「だがよいか、あくまで皆に警告するだけじゃ。決して戦おうなどと考えるでないぞ?」

「はい、わかってます！」

　そうして小毬は倉庫を飛び出す。

　ひたすらに廊下を駆け抜けた先、向かうは城の居住区……ではない。人気のない城の裏庭に出た小毬は、立ち止まったままじっと何かを待っている。

するとと、ソレはほどなくして現れた。

「おいおい、かくれんぼはもういいのか？」

背後からのんびりとやって来たのは勇樹。小毬の気配を感知してきたのだろう。

「……無事、だったんですね」

振り返った小毬は微《かす》かに眉《まゆ》を顰《ひそ》める。そう、先ほどフェリスの炎によって焼かれたはずなのに、現れた勇樹の体には焦《こ》げ目《め》一つついていない。全くの無傷なのだ。

「なに、心配してくれたの？　ははは、無事なわけねーじゃん。軽く五十回は死んだぜ？」

笑いながら肩《かた》を竦める勇樹。冗談なのか、あるいは本当なのか……小毬にはそれすら判断がつかない。

「んなことよりさあ、あの猫なんなん？　ただの使い魔って感じじゃなかったけど。あれ、今どこにいる？　つか魔王やったのもあいつっしょ？　めっちゃ食いたいんだけど」

と問われるが、小毬は黙《もく》したまま。なにせ彼女だってフェリスの正体など知らないのだ。いや、たとえ知っていたとしても教えるはずもない。

そうして沈黙《ちんもく》を貫《つらぬ》いていると、勇樹はどうでもよさそうに笑った。

「あっそ、ならいいや。自分で探すから」

軽くそう告げるや、勇樹はくるりと踵《きびす》を返す。もはや小毬になど毛の先ほどの興味もないらしい。……が、勇樹になくとも彼女にはある。立ち去りかけた勇樹の背後で、小毬はするりと剣を抜いた。

「……行かせません。あなたは——ここで私が倒します」

フェリスからは『決して戦うな』と釘《くぎ》を刺《さ》された。実際、勝ち目なんてないのは自分が一番よくわかっている。……だけど、かなわないからといって逃げてどうなる？　逃げて、逃げて、逃げて、それで解決するのか？　いや、そうじゃない。誰かが止めない限り、この男は暴風の如く人々を傷つけ続けるだろう。——そう、誰かが立ち向かわなければならないのだ。だったら、その役目は自分が引き受けよう。

それは小毬が決死の想いで決めた覚悟。……だがそんな少女の決意を、勇樹は心底馬鹿《ばか》にしたように笑った。

「あはははは、何その冗談、笑えるんだけど！　っていうかお前さ、あの宝具はずしたの？　マジ？　ばっかだな～ほんと！」

と嘲《あざけ》りながら、勇樹はにんまり唇を歪めた。

「だいたいお前さ——震《ふる》えてんじゃん」

勇樹の指摘《してき》通り、小毬は言い訳のしようもなく怯《おび》えていた。どれだけ心を奮い立たせようと、怖くて怖くてたまらないのだ。――だがそれでも、小毬は剣を振り上げる。

「はああっ‼」

怯える自分に活を入れ、小毬はただ愚直《ぐちょく》に突っ走る。弄《ろう》すべき策など元より持ってはいない。彼女にはこれしかできないのだ。

それを見た勇樹はこれ見よがしに肩を竦めた。

「……はあ、くだんな。この流れさっきもやったじゃん」

そうしてうんざり溜め息をついて……次の瞬間、小毬はいつの間にか殴り飛ばされていた。

「――うっ……⁉」

右頬を襲う鈍《にぶ》い痛み。口の中に鉄の味が広がって、目からは自然と涙《なみだ》が滲む。

痛い、痛い、痛い――指輪を手放した今、ごく当然の痛みから彼女を守ってくれるものは何もないのだ。

「あははは、よっわ！　ってか、今見えてすらなかったくね？　そんなんでよく俺《おれ》を倒すとか言えたなマジで！」

と、ゲラゲラ笑った勇樹は、それからわざとらしく握《にぎ》りこぶしを作って見せた。

「よーし、なら次いくぞ？　次は左手でパンチするからな～。よく見てろよ？　さあ、いくぞいくぞ～」

それはひどく見え透《す》いた攻撃《こうげき》予告。陽動か、それとも馬鹿にしているのか……どちらにせよ身構える小毬。だが一秒後、気づけば腹部に強烈《きょうれつ》な痛みが走っていた。

「うぐっ……」

腹にめりこむ勇樹の左拳《ひだりこぶし》。何のひっかけもない宣言通りの攻撃だった。だというのに、視認《しにん》することすらできなかったのだ。

思わず痛みに蹲《うずくま》った小毬を、勇樹はにやにやと見下ろす。

「ははは、だからよく見てろって言ったじゃ～ん！　もうちょっとがんばれって！　ほら、んじゃ次、キックするぞ～？　いいか～？　今度こそよく見てろよ～？　──ほらっ！」

またしても予告された通りの攻撃。だがやはり小毬の眼ではとらえることができない。あっさり蹴《け》り飛ばされた小毬は無様に地面を転がる。

「おっかしいな～、手加減してるんだけどな～？　僕《ぼく》、今何かやっちゃった～？」

耳障《みみざわ》りな高笑いを聞きながら、それでも立ち上がろうとする小毬。だがその前に、勇樹はその髪《かみ》を引っ張って無理矢理《むりやり》起き上がらせた。

「ほら、これでわかったろ？　お前はただのモブキャラなの。だからもう出番は終わり。

さっさとあの猫呼んでさ、モブはモブらしく隅《すみ》っこで震えてろよ」

冷徹《れいてつ》にそう囁《ささや》いた勇樹は、髪を引きちぎりながら少女を放《ほう》り投《な》げる。宙を舞《ま》った小毬は激しく壁《かべ》に打ち付けられると、そのままずるりと崩《くず》れ落ちた。

「ん？　やべ、気絶しちゃった？　チッ……雑魚すぎて拷問《ごうもん》もできねえじゃん。でもまあいいか、適当にそこらの兵士でも痛めつけてりゃ、向こうから出てくるっしょ」

と、鼻歌を歌いながら去っていく勇樹。――その背中を、小毬は朦朧とした意識の中で見つめていた。

殴られた頬が痛い。蹴り飛ばされた腹部が痛い。叩きつけられた背中が痛い。全身すべてが壊《こわ》れてしまったみたいに痛くて痛くて仕方がない。

これが本物の戦いというものなのか。小毬は嫌というほど痛感する。やはり自分には向いていない。

だけどどうしてだろうか。一番痛むのは唯一《ゆいいつ》無事なはずの心臓だった。

――悔《くや》しい。

弱いと嘲られ、愚《おろ》かだと罵《ののし》られ、バカにされ、あしらわれ、弄ばれ、本気にさせることすらできず惨《みじ》めに叩きのめされた。もちろんそれだって悔しくてたまらない。だけど何より悔しいのは――何よりも腹が立つのは――『殺されなくて良かった』と安堵《あんど》している自分がいること。舞台《ぶたい》から去れたことを安心する自分自身に一番腹が立つ。

そう、私はいつもこうだ。

誰かが戦い。

誰かが傷つき。

誰かが世界を救う。

それを一番安全なところからただ見ているだけ。

そうして誰にも聞こえない心の中で思うのだ。「きっと次こそは私の番だ」と。本当はそんな勇気なんてないくせに。

ああ、なんて醜《みにく》い卑怯者《ひきょうもの》なんだろうか。そんな卑怯な奴は――いっそ死んでしまえばいい。


「……あん？」

立ち去りかけていた勇樹の足が、はたと止まる。

背後から尋常《じんじょう》ならざる魔力の高まりを感じたのだ。

（あの猫か――?!）

本命の到来《とうらい》を確信し、臨戦態勢で振《ふ》り向く勇樹。……だが、そうではなかった。

「――《想天蕾花《そうてんらいか》・陣之初《いちのじん》》――」

振り返った先に立っていたのは、先ほど打ち倒したはずの少女。その握った剣には尋常ならざる力が寄り集まっている。

千、万、億……いや、それ以上か？　ついさっきまでの彼女とは比較《ひかく》にならぬほどの魔力を前に、勇樹は束《つか》の間《ま》言葉を失う。だがすぐにその理由に気づいた。

「まさか……これが、お前の固有異能……⁉」

固有異能：《求道者の天涙《エル・ヴィスカム》》。

それは彼女だけがもつ女神からの贈り物《おくりもの》にして、あらゆる不幸を、あらゆる理不尽《りふじん》を、あらゆる邪悪《じゃあく》を、一刀のもとに断《た》ち切る天の御剣《みつるぎ》。世界樹の守護者たる勇者の体現そのものなのだ。

――だが……

「――くっ……」

天剣を構える小毬は苦しげに顔を歪める。全身を襲う虚脱《きょだつ》感と、倒れそうなほどの疲労《ひろう》感。魔力、気力、体力……そして、生命力。救世の対価として天剣が求めるのは、使用者の命そのもの。これ以上続ければ《求道者の天涙》は容赦《ようしゃ》なく小毬を殺すだろう。

だがそれでもなお、小毬はやめようとはしなかった。

自分が女神の剣の所有者としてふさわしくないなんて、そんなことはわかっている。だからこそ、一日でも早く一人前になれるよう努力してきたのだから。いつかきっと、この力を使いこなせるようになりたい。いつかきっと、この手で世界を救いたい。いつかきっと、本当の勇者になりたい――ああ、なんて愚かだったのだろうか。

『大切なのは自分にできないことじゃない。自分にできることだ』……小毬の脳裏《のうり》で恭弥の言葉が蘇《よみがえ》る。いつか？　きっと？　そのうち？　そうじゃないだろ。大事なのは今。今なんだ。今困っている人を助けなきゃいけないんだ。

そう、だったらいつか花開く異能になんて頼《たよ》っていられない。小さくていい。弱くても構わない。それでいいから……今、目の前の敵を倒すだけの力を――！

少女の強い想いに呼応して、輝《かがや》く天剣が徐々《じょじょ》に形を変える。

より小さく、より細く、だがそれでいて……より鋭《するど》く。彼女の剣はもう、他人からもらっただけの借り物の力ではない。彼女自身の意思により統制された血肉の一部となったのだ。

そしてその刃に今、彼女の全霊《ぜんれい》が流れ込む。

溢《あふ》れ出る無尽《むじん》の光。咲《さ》き誇る天上の煌《きら》めき。創世の燐光《りんこう》にも似た輝きが一点に収斂《しゅうれん》する。

――そして小毬は、そのすべてを渾身《こんしん》の力で解き放った。

「――《天元一華《てんげんいちか》》――!!!」

刹那《せつな》、炸裂《さくれつ》する激しい爆発《ばくはつ》。天を穿《うが》つほどの絶大な魔力が、輝く七彩《しちさい》となって辺りを満たす。そうして濛々《もうもう》と立ち上る白煙《はくえん》の中、小毬はその場に崩れ落ちた。今の一撃ですべての力を使い果たしてしまったのだ。……だがそれでも、小毬は安堵の吐息《といき》をつくのだった。やった、ついにやり遂《と》げた。私は勇者としての役目を果たして――――と、その時だった。

「――くくく……あはははは……!!」

砂埃《すなぼこり》の向こうから響《ひび》く笑い声。

そして煙が晴れた後、そこには傷一つない勇樹が立っていた。

「お前、弱すぎ。『てんげんいちか～！』とかカッコつけて叫んだくせに、なにこのクソザコ技？　俺の最下級以下じゃん！」

と、心底楽しげに笑い転げる勇樹。信じられないその光景に、小毬は言葉を発することすらできない。――彼女の全身全霊《ぜんしんぜんれい》の一撃は、勇樹にとっては蚊《か》に刺されたほどのダメージにもならなかったのだ。

「なあ、これでわかったろ？　弱い奴《やつ》があがいたって無駄《むだ》なんだよ。モブはモブなの。お前の行動にはさ、なーんの意味もなかったってことだよ！」

と意地悪く嘲笑《あざわら》った勇樹は、それからのんびりと囁いた。

「んじゃ、もう死んでいいよ」

小毬の眼前にかざされる掌。起動する致死の呪文《じゅもん》。逃げる力は残っていない。抵抗《ていこう》する気力も既に空。奇跡《きせき》など望むことすら叶《かな》わない。なぜなら先ほどの一撃にすべてを振り絞ってしまったのだから。だから……小毬にはわかってしまった。自分はここで死ぬのだと。

だけど、それでも、最期《さいご》のその時までは……せめて前を向いて。

迫《せま》り来る確定した〝死〟に向かって、ぐっと顔を上げる小毬。——その瞳に映ったのは、ここにいるはずのない少年の背中だった。

「——いいや、意味ならあったさ——」

迫っていた致死の魔法が、いともたやすく掻き消される。その光景を小毬はどこか遠くの出来事のようにぼんやりと眺《なが》めていた。

これはきっと夢だ。そうでなければ今際《いまわ》の際《きわ》に見る幻覚《げんかく》か。だからきっと、次に瞬《まばた》きをすれば消えてしまうんだ。

だがそうではなかった。何度瞬きしても、何度目をこすっても、眼前の背中は消えない。確かにそこにいて、彼女を守るように立ちはだかっている。そしてその少年は静かに振り返ると、いつものようにはにかむのだった。

「いいスキルだったぜ、小毬。おかげで間に合った」

「恭弥、さん……!?」

「遅《おそ》くなってすまん、よく頑張《がんば》ったな。だから……あとは任せろ」

現れた少年──恭弥は、そっと小毬の頭を撫《な》でる。

その瞬間、少女の胸にとても温かなものが広がった。安堵と、安心と、安寧《あんねい》と……それから、ほんのちょっとの悔しさ。『ああ、私もこんな風になれたら』──そんなことを考えながら、小毬は少年の腕《うで》の中で意識を手放す。

全身全霊すべてを賭《と》して戦った少女。恭弥はその体を優《やさ》しく隅に横たえると、そっと上着をかけてやる。

──そんな恭弥の背中に、耳障りな嘲笑《ちょうしょう》が突き刺さった。

「ヒュー、かっこいいね～、恭弥クン！　ヒーロー登場ってやつ？　あはは、そーいうの、寒すぎなんだけど！」

なんとも下劣《げれつ》な煽《あお》り文句。その目的は明らかな挑発だ。

だが、恭弥は表情を変えないまま静かに振り返った。

「一度だけ聞く。大人しく投降する気はないか？」

「えー、どうしよっかな～、悩《なや》むな～」

とわざとらしく迷うフリをしてから、勇樹はにんまり笑った。

「答えはこれだよ――《黒龍の暗焔《ドラグ・ブレア》》！」

勇樹の掌から放たれる不意の一撃。構えてすらいない恭弥に向かって、リンドウ色の業火が襲い掛かる。

だが……

「……そうか、よくわかったよ」

不意を衝《つ》かれたにもかかわらず、恭弥はまったくの無傷。防いだのではない。炎の方が勝手に恭弥を避けていったのだ。

勇樹は微かに眉を顰める。術式改変か、不可視の防壁《ぼうへき》か……いずれにせよ、そこらの雑魚《ざこ》とは違《ちが》うことだけは確かだ。

「なるほどね、てめえがあの猫の飼い主ってわけか。ギーグジョルグをやったのもお前だな？」

「前者はノー、後者はイエスだ」

別に隠す必要もない。恭弥は素直に頷《うなず》く。

「ふうん、で今度は黒幕とやろうってわけ？　くははっ、良かったな！　ラスボスとご対面ってわけだ！　やったじゃん恭弥く〜ん！」

と、にやにや嘲笑う勇樹の表情が、唐突《とうとつ》に豹変《ひょうへん》した。

「んじゃあさ、お望み通り殺し合おうぜ……！」

勇樹の全身から噴き出す強烈な魔力。ただ者でないのはわかっている。遊ぶつもりなどさらさらない。

だが開きかけた戦端《せんたん》に、恭弥の方から待ったをかけた。

「待て、その前に……場所を変えよう。人を巻き込みたくない」

恭弥の眼がちらりと小毬を見る。勇樹の手によって既に人よけの結界が張られているのはわかっているが、ここから先の戦いでもまだ人を巻き込まないとは言い切れない。

すると、その提案に対して勇樹はにんまり笑った。

「はあ？　なんでわざわざてめえの都合に合わせなきゃいけないわけ？　めんどくせーんだけど？」

と、へらへら笑う勇樹。一見するとただの意地悪にも聞こえるが、もちろんそうではない。

民間人の多いここ《城内》でなら恭弥は大技《おおわざ》を使えない上、もしもの時にはいつでも人質《ひとじち》を取ることができる。地の利という意味では勇樹にとってこれ以上の戦場はないのである。

だが、そんな浅ましい打算など恭弥には通用しなかった。

「いや、手間は取らせないよ。すぐに済むから」

「は……？」

刹那、恭弥は既に背後にいた。

目をそらしてもいない。瞬きすらしていない。だというのに、回り込まれた瞬間がまったく認識《にんしき》できなかった。瞬間移動？　空間転移？　それとももっと別の……？

だがそんな疑念などすぐにどうでもよくなった。──突然《とつぜん》視界が一回転したかと思うと、全身が無重力感に包まれたからだ。それが『襟首《えりくび》を掴《つか》まれてぶん投げられた』と気づいた時にはもう、勇樹の体はものすごい勢いで吹《ふ》き飛んでいた。

「なあああああ──?!!!」

何枚もの石壁をぶち抜《ぬ》きながら、一直線に吹っ飛ばされる勇樹。全身が潰《つぶ》れそうなほどの風圧でもがくこともできない。辛うじてバリアを張るのが精一杯《せいいっぱい》だ。

そしてわずか数秒後、全身にものすごい衝撃《しょうげき》が走る。地面に激突《げきとつ》したのだ。その衝撃たるや辺り一帯に数十メートル規模のクレーターができるほど。魔王の全力すら余裕《よゆう》で防ぐはずの障壁《しょうへき》が粉々に砕《くだ》けている。……だが、何はともあれ止まることができた。内心ほっとしながらクレーターから這《は》い上がった勇樹は……そこから見える光景に言葉を失った。

なにせ、遥《はる》か数百キロメートルの彼方《かなた》には、今の今までいたはずのグランベル城が立っていたのだから。

「な、なにが……?!」

自分がされたことと言えば、ただ普通《ふつう》にぶん投げられただけ。たったそれだけで数百キロも吹っ飛ばされたとでも言うのか？　まるで悪い冗談だ。信じられない事実に絶句する勇樹。……その背後から聞き覚えのある声がした。

「――この山なら誰《だれ》もいない。さあ、続きをやろうか」

「っ?!!」

振り返った先に立っていたのは、他でもない恭弥本人。さも当然のような顔でそこに立っている。自分よりもさらに早くこの場所に移動したとでも？　いや、だとしても大丈夫《だいじょうぶ》。あの動きは明らかに身体強化系の固有異能。だったら……対策は簡単だ。

「《風陣《ウエザライズ》・仇式》……！」

勇樹が叫ぶと同時に、目にも留まらぬ速さで恭弥が動く。一瞬《いっしゅん》で背後を取った恭弥は、即座《そくざ》に勇樹の首へ手を伸《の》ばした。……が、完璧《かんぺき》にとらえたはずの指先が空を切る。

かわされた……のではない。勇樹の体をすり抜けてしまったのだ。

「……風との同化、か」

「ククくっ、ご名答！　これが欲《ほ》しくなきゃいけすかねえ京極のスキルなんざ食わねえよ！」

《風陣・仇式《ウェザライズ》》――すなわち、己《おのれ》自身を風となす京極の秘術。自らを風と同化させることにより、あらゆる物理・魔法攻撃《まほうこうげき》を完全に無効化するのだ。ひとたび発動さえしてしまえば、どんな大剣《たいけん》だろうと、どれだけの大魔法だろうと、決して術者をとらえることはできない。まさしく最強の盾である。

そして同時に、ひとたび攻撃に転じれば――

「くひゃひゃひゃひゃひゃひゃ！　こいつは最高の気分だぜえ‼」

数十体にも分身しながら、文字通り疾風《しっぷう》の速度で宙を駆《か》ける勇樹。その行く手を邪魔《じゃま》するものは、岩だろうが大木だろうが一瞬で両断されてしまう。風の体となった勇樹にはもはや詠唱《えいしょう》すら必要ない。軽く触《ふ》れてやるだけで、ありとあらゆるものを真っ二つに引き裂《さ》けるのだ。

決して触れられることなく、かつ、こちらからは自由に攻撃ができる体――まさに最強の矛《ほこ》と盾《たて》を併《あわ》せ持つ秘術中の秘術である。こうなってしまった以上、今や勇樹を阻《はば》めるものなど何もない。勇樹は高笑いしながら恭弥の周りを飛び回る。そして無防備にさらされたその首へ、刃《やいば》と化した手を伸ばして――

「――この気配、京極の異能だな？　やはりお前の能力はスキルの簒奪《さんだつ》か……」

分析《ぶんせき》でもしているかの如くぶつぶつ呟《つぶや》く恭弥。その手は冷静に勇樹の腕を掴み留めている。もしもこれが普通の戦いならば、よくある攻防《こうぼう》の一幕で話は済んでいただろう。だがそうじゃない。今の勇樹は実体を持たぬ風そのもの。決して捕《と》らえられぬ絶対不可触《ふかしょく》の霊《れい》体《たい》だ。そんな勇樹を、恭弥はまるで当たり前みたいな顔で掴んでいる。有り得ない。有り得ていいはずがない――――と、そこでようやく勇樹は気づいた。自分を掴む恭弥の腕に、奇妙な形の紋章《もんしょう》が浮《う》かんでいることに。

「ば、ばかな……『原初のルーン《TERRA》』だと……？」

驚愕《きょうがく》に目を見開く勇樹。

神話すらも凌駕《りょうが》した、世界に七つのみ存在する至高の宝具……〝創世級〟と呼ばれし伝説の一角――『原初のルーン』。その一つ一つが小世界数百個分の魔力《まりょく》を内包するとされる魔術《まじゅつ》刻印である。それが今、紛《まぎ》れもなく恭弥の腕に宿っているのだ。

「あ、有り得ねえ！　現存する『原初のルーン』は五種類だけ！　残りは全部失われたって……!?」

「ああ、そりゃある意味正しいよ。だって残りの44個は、全部フェリスが持ってたんだからな」

　そしてそれが意味するのはすなわち、今の主が恭弥であること。

　刹那、恭弥の全身が微かに発光する。次々と体中に浮かび上がったのは、刺青《いれずみ》のような不可思議な紋様《もんよう》の数々。それを見た瞬間《しゅんかん》、勇樹は絶句した。なぜならそのすべてが『原初のルーン』だったのだから。そして今、彼《かれ》の右手に浮かぶルーンが意味しているのは——

「『ルーン：אמת《エメス》』——こいつはすべての真実を捕らえるルーンだ。……いや、それだと因果が逆か？　こいつが捕らえた物が真実になるんだよ」

　まさか本当に創世級の神器を使いこなしているというのか？　信じたくない言葉と信じざるをえない現実に挟《はさ》まれ、勇樹はもはや半狂乱《はんきょうらん》でもがく。

「く、くそ、放しやがれっ！」

　無論、どれだけ詰《なじ》ろうが放してくれる者などいるはずもない。……のだが、意外にも恭弥は「ああ、わかった」とあっさり頷く。

　だがその先の展開は、勇樹が期待していたものとは少々違った。——恭弥が軽く手首をひねった途端《とたん》、勇樹の腕がぶちぶちと千切れ飛んだのだ。

「ぎゃあああああ!!!?」

　辺りに撒《ま》き散らされる血飛沫《ちしぶき》と絶叫《ぜっきょう》。尋常ならざる激痛が勇樹を襲《おそ》う。結果的に解放されたことにはなったが、もちろんこういう意味で言ったのではない。

「て、てめえ、ふざけやがってぇ……!!!」

脂汗《あぶらあせ》を滲《にじ》ませながら、憎々《にくにく》しげに睨《にら》みつける勇樹。だが奇《く》しくも、恭弥もまた同じ目をしていた。

「〝ふざけるな〟、だと？　それはお前の方だろ？　お前は俺の仲間に手を出した。つまり、俺とやりたいってことだよな？　──だったらくだらないことで一々喚《わめ》くな」

千切った腕をその場に投げ捨てながら、恭弥は氷のような冷たい声で命ずる。

「全身全霊で来い。そんなおふざけじゃなく、全力で。じゃなきゃ……お前、死ぬぞ？」

その声音《こわね》に滲んでいるのは、ふつふつと煮《に》えたぎるような怒《いか》り。

小毬たちを傷つけたことについて、恭弥は別段責める気はなかった。それが戦いというものであることは知っているし、激情に身を任せるのが愚策《ぐさく》であることも理解しているからだ。……だが、だからといって、怒《おこ》っていないわけではない。

恭弥の視線が強烈な圧を帯びる。たったそれだけで大地は割れ、木々は灰となって枯《か》れ果てた。その視線を間近で浴びた勇樹もまた、呼吸ができないほどの威圧《いあつ》感に押《お》し潰されそうになる。だが、曲がりなりにも彼とて百戦錬磨《ひゃくせんれんま》の戦士。すぐさま怯えを振り払《はら》って叫んだ。

「《射貫く餓狼の瞳《ヴェア・オキュラス》》、解放──！」

刹那、勇樹の眼に異変が起きる。何の変哲《へんてつ》もない黒の瞳にぶつりぶつりと亀裂《きれつ》が走ったかと思うと、みるみるうちに瞳孔《どうこう》が三つに分裂《ぶんれつ》したのだ。しかもそれぞれの深奥《しんおう》には不可思議な魔法陣《まほうじん》が浮かび上がっている。

「魔眼……それも、〝巴《ともえ》の相〟か」

「へえ、よく知ってんじゃねえか……！」

それは勇樹が奪《うば》った固有異能のうちの一つ。三種の魔眼が同時に発現した『複合魔眼《巴の相》』と呼ばれる希少能力だ。

一つ目は〝森羅眼〟。あらゆる動きを見切る洞察《どうさつ》の瞳。その並外れた精度たるや、通常の映像が千分の一の超《ちょう》スローモーションに見えると言われるほど。

二つ目は〝魍魎眼〟。すべての魔術式を解き明かす解析《かいせき》の瞳。一目見るだけで、それがどんな魔法《まほう》でどんな作用を及《およ》ぼすのか見抜《みぬ》いてしまう代物《しろもの》である。

そして三つ目が〝水鏡眼〟。光を映さぬその眼が見通すのは、相手の意識の流れ。これから敵が何をしようとしているのか。攻撃か、逃走《とうそう》か。魔法か、物理か。右か、左か。すべてが手に取るようにわかってしまうのだ。

あらゆる動きを見切り、すべての魔術を見極《みきわ》め、心さえも見通す三つの魔眼。それらが同時に起動しているということはすなわち、未来を視ているのと同義なのである。

「さあどうすんだ、ヒーローさんよぉ!!?」

六つの瞳をらんらんと輝かせ、勇樹は勝ち誇《ほこ》ったように吠《ほ》える。

ルーンによって《ウェザライズ》は破られた。だが、そもそも触れさせなければ関係ない。そしてこの《射貫く餓狼の瞳》には、それを可能にするだけの力があるのだ。

だが、恭弥の反応は彼が予想だにしないものであった。

「なあ、逆に教えてくれよ——どうにかする必要があるのか？」

「は……？」

次の瞬間、恭弥の拳が勇樹のどてっぱらに突《つ》き刺さった。

「が、あっ……?!」

激痛に膝《ひざ》をつく勇樹。だが彼の脳内は痛みよりも疑問で埋《う》め尽《つ》くされていた。

なぜこいつの攻撃が届く——?!　こっちには魔眼がある。すべての動きは見切っていた。もちろん既にありったけの多重バフもかけてある。身体能力だけでも強化系固有異能に劣《おと》るはずがないのに、なぜ——？

「て、てめえ、一体なにをした……?!」

「なにって、その眼があるんだ。わかってるだろ？」

逆に問い返された勇樹は、思わず言葉に詰《つ》まる。そう、事実彼には見えていた。攻撃の意思も、狙《ねら》っている場所も、仕掛《しか》けてくるタイミングに至るまで。全部完璧に掌握《しょうあく》していた。だが、だからこそ信じられないのだ。だって、こいつ《恭弥》がやったのは――

「そうだ、お前がその眼で見た通りさ。俺は普通に殴《なぐ》っただけだよ」

そう、恭弥は魔術もトリックも何一つ特別なことなどしていない。ただ勇樹の視た通りに真《ま》っ直《す》ぐ近づいて殴っただけ。――だというのに、全く反応できなかった。コンマ一秒前までは確かに視えていたはずなのに、防ぐことも反撃《はんげき》することもできなかったのだ。

まさか、単純な基礎《きそ》スペックだけで魔眼を凌駕しているとでも？　いいや、有り得ない。これは女神《めがみ》の固有異能だぞ？　有り得ていいはずがないではないか。

そんな動揺《どうよう》する勇樹に向かって、恭弥はゆっくりと歩いてくる。

「なんだ、信じられないみたいな顔してるな。ならもう一度試《ため》してみるか？　ほら、これで見えるだろ？」

恭弥の中で生起する攻撃の意思。――狙いは右頬《みぎほお》。右ストレートで、三秒後。大丈夫、すべて読めている。ちゃんと視えている。さあ来るぞ。来る、来る、来――

「――へぐあああああっ⁉⁇」

気づいた時にはもう、勇樹の体は宙を舞っていた。右頬には確かに殴られた痛みが。視えた通りの攻撃が、視えた通りの場所に、視えた通りのタイミングで来た。なのに、なぜ反応できない――?!

「ほら、次だ。よく見てろよ?」

「ひっ……!」

そこから先は同じことの繰《く》り返《かえ》しだった。完全な未来視と、それを上回る単純な攻撃。視えているのに防げない。わかっているのにかわせない。『次だ』という恭弥の声が響くたび、数秒後には勇樹の悲鳴が響き渡《わた》る。

そうして一分とたたないうちに、勇樹はぼろぼろになって倒《たお》れ伏《ふ》していた。右手は既《すで》にもげ、左手はだらりと垂れさがり、両足はあらぬ方向に折れ曲がっている。ほとんどの内臓はもう機能していない。残酷《ざんこく》なまでの完全決着だ。……だが、恭弥はまだ終わるつもりはなかった。

「さっさと起きろ。こんな茶番は時間の無駄だろ」

勇樹を見下ろしながら、冷徹に言い放つ恭弥。それは敗者を鞭《むち》打つ非道にも見えたかも知れない。――しかし、当の勇樹はといえば、あろうことかケラケラと笑っていた。

「くく、くくく……くははは……〝茶番〟か……ああ、そうだな……俺が悪かったよ……」

完膚《かんぷ》なきまでに叩《たた》きのめされたはずの勇樹の声には、なぜだか紛れもない余裕の響きが。

単なる虚勢《きょせい》か、最期の負け惜《ま》しみか……いや、そのどちらでもなかった。

「あーあ、ほんとはこれさ、学園のSランカーどものためにとっとく予定だったんだけどさ……仕方ねえ、仕方ねえよな。悪いのはお前だぜ……？」

と笑いながら、むっくりと起き上がる勇樹。──一体いつの間に治療《ちりょう》したのだろうか。その体には引きちぎられたはずの右腕《みぎうで》がついている。いや、それだけじゃない。折れていた四肢《しし》も、潰れていた内臓も、全身のほんのわずかな擦《す》り傷《きず》に至るまで、負傷していた箇《か》所《しょ》すべてが完璧に治癒《ちゆ》しているのだ。

それを見た恭弥は、小さく呟いた。

「完全再生……いや、『上書き』と呼んだ方がよさそうだな」

「けけけ……ご名答！」

そうして勇樹は高らかに笑った。

「こいつの名は《群れなす強欲《セプテム・グラ》》──生命を〝喰《く》う〟固有異能さ！　そして奪った生命力は術者の〝残機〟としてストックされる！　だからこの通り、喰った分だけ生き返る！　そしてこれまで魔物《まもの》どもから集めたストックは──一兆八千七十九億三千五百万個!!　つまり、俺は不死身ってことだよ!!」

〝治癒〟なんて生易しいものではない。生命そのものを新しく書《か》き換《か》える秘術──それこそが勇樹の奥《おく》の手《て》。

　しかも、それはまだ序の口に過ぎなかった。

「へへへ、どうだい、チートだろう？　けどな、これだけじゃないんだぜ？」

　意味深に笑ったかと思った次の瞬間、勇樹はいつの間にか背後にいた。

「――っ⁈」

「《生命転化《オーバードーズ》》――〝現身《うつしみ》〟」

　動きからして、今のは間違《まち》いなく身体強化魔術……だが、あまりにも強すぎる。効果量だけ見ても、A班から奪った異能の数千倍。それをほんの一瞬で発動したのだ。いくら固有異能といえどあまりにも度が過ぎている。相当な代償《だいしょう》を支払《しはら》わなければこんな力は――

　とそこまで考えて、恭弥は気づいた。

「なるほど……対価は〝命〟か……」

「ハハハハハ、またまたご名答ッ！　この《生命転化》は寿命《じゅみょう》を魔力に変換《へんかん》する異能！　本来なら生涯《しょうがい》で数度しか使えない大技だが……俺にとっちゃへでもねえ対価なんだよ！」

　命と引き換えに得た無尽蔵《むじんぞう》の魔力……それを別の固有異能にそのまま注ぎ込んでいるのだ。強いのはむしろ当然のこと。

　本来は死なないというだけの《群れなす強欲》。本来は厳しすぎる制約を持つ《生命転化》。

その二つを《スキルイーター》によって組み合わせることで、デメリットは文字通り無限の可能性へと昇華《しょうか》する——この瞬間、卑劣《ひれつ》な簒奪者が正当なる所有者を凌駕したのだ。

「——そんじゃ、そろそろ行くぜ？」

次の瞬間、凄《すさ》まじい猛攻が始まった。息つく間もなく繰り出されるのは、生涯でただ一度きりしか使えぬはずの命を賭した自爆《じばく》技。その一つ一つの威力《いりょく》たるやまさに決死の一撃《いちげき》。もちろん、そのすべてに過剰《かじょう》なまでのバフが乗っていることは言うまでもない。

「《魂絨絶歌《こんじゆうぜつか》》——《鬼奇転衝《ききてんしょう》》——《佩雷擬蛇《はくらいぎだ》》——《焔業傀渇《えんごうくかつ》》——」

光、聖、闇《やみ》、風、地、雷《かみなり》……あらゆる属性の極限魔法が一秒の間断もなく乱舞《らんぶ》する。それはもはや〝戦闘《せんとう》〟などという可愛《かわい》いものではない。世界の創造……いや、世界の終局にも等しき天変地異の狂騒劇《きょうそうげき》。勇樹が一つ技を放つたび、山は抉《えぐ》れ、大地は裂け、川は干上《ひあ》がり、天さえも割れる。圧倒的破壊《あっとうてきはかい》の暴威《ぼうい》が世界そのものを引き裂いていく。

純然たる力の具現と化した勇樹は、今や一つの災厄《さいやく》そのものだった。いかに高潔な女神も、いかに屈強《くっきょう》な勇者も、この暗き災禍《さいか》を照らすことなどできはしない。今この瞬間、勇樹は魔王《まおう》と呼ばれるにふさわしき存在となったのだ。

——だが、だというのに——

「――なんで……なんでだ……」

神すら凌駕する力を手に入れ、もはや万象《ばんしょう》の支配者となったはずの勇樹……だが、その相貌《そうぼう》に浮かぶのは当然あるべき勝利の喜悦《きえつ》ではなく、むしろ恐《おそ》れおののくような苦渋《くじゅう》の色。

そしてその原因は、彼の忌々《いまいま》しげな視線の先にあった。

「……なんでてめえはまだ生きている――九条《くじょう》恭弥ッ⁉」

荒《あ》れ果てた焦土《しょうど》と化したその場所に、恭弥はただ立っていた。すべての攻撃を受けてなお、汗《あせ》一つかくことなく。まるでそれが当たり前みたいな顔をして。

もしも――もしもそれが、『絶対的な固有異能によって無力化していた』とか、『より強力な異能でねじ伏《ふ》せていた』とか……あるいは『もはや説明すらできぬ摩訶不思議《まかふしぎ》な力で打ち破られた』とかいう話であったなら、少なくともまだ理解はできていただろう。

だが、そうじゃなかった。圧倒的な暴威に対して恭弥がとった行動は、ただ普通に戦うこと。適切な弱所を、適切な力で、適切なタイミングで打ち抜き、いなす。それはアンリがやろうとしていたのと同じ教科書通りの戦闘法。使用する魔法や技もごく基礎的《きそてき》なものばかりだ。

だが、それこそがおかしいのだ。固有異能の掛《か》け合《あ》わせという超常《ちょうじょう》の力を、通常の力だけで処理すること——それがどれだけ〝異常〟であるか、直接相対する勇樹だからこそわかってしまう。

未知の恐怖《きょうふ》に動揺した勇樹は、気づけば叫《さけ》んでいた。

「て……てめえ、舐《な》めてんのか?! さっさと固有異能を出して見せろ！」

今でさえ決め手に欠いているのだ、普通に考えれば固有異能を使われて困るのは勇樹の方。だがそれでも『底が見えない』という恐怖よりはずっといい。

……しかし返って来た答えは、勇樹が予想だにしていないものだった。

「悪いな、それは無理だ。……俺《おれ》、固有異能なんて持ってないから」

「は……？」

束《つか》の間唖《まあ》然《ぜん》とする勇樹。

固有異能がない、だと？ 信じられない。いや、信じたくない。だってそうだろう？ 強大な敵に対抗《たいこう》するためには相応の力が必要になる。そのために固有異能が与《あた》えられ、その力ゆえに勇者は勇者たりえるのだ。そう、固有異能を持たないなんて有り得てはいけないこと。だって、じゃなきゃ……そうじゃなきゃ……俺は一体何のために——

「……ああ、もういいや。めんどくせえ……」

と、勇樹はぽつりと呟く。それはともすれば降伏《こうふく》の言葉のようにも聞こえただろう。いや、実際に彼は諦《あきら》めたのだ。……もっとも、それは『勝負を捨てた』ということではなく『まともに戦うことを諦めた』という意味であったが。

「認めるよ、確かにお前は強い。だけど……俺はそれ以上だ」

そう告げる勇樹の表情は、確信を通り越《こ》してむしろ虚《むな》しげでさえあった。まるで必ず勝てることを知っているかのように。

いや、事実彼は知っていた。それは自信とか傲慢《ごうまん》とかそんなレベルじゃない。『太陽が東から昇《のぼ》る』とか『氷が融《と》ければ水になる』とかと同じ。今から使う異能が彼に勝利をもたらすのは、それらと全く同次元の必然にして絶対の真理なのだから。

そして勇樹は退屈《たいくつ》そうに呟くのだった。

「あばよ――《AΩ》《ラグナレク》」

瞬間、すべてが停止した。

舞《ま》い落ちる葉が、空を駆ける鳥が、吹き抜ける風が、千里の彼方で流れる滝《たき》でさえ――世界のすべてが凍《こお》り付いたように動きを止める。

《AΩ》《ラグナレク》――その権能はすなわち、時間停止。それこそが千億もの命を代償とした勇樹の切り札にして、彼の絶対的な自信の源。

およそこの世界において、戦闘用の魔法というものは星の数ほどある。核兵器《かくへいき》をも凌《しの》ぐ爆破魔法《ばくはまほう》、雷を超《こ》えた神速の抜刀術《ばっとうじゅつ》、未来視を可能とする魔眼《まがん》に、あらゆる気配を遮断《しゃだん》する透明化《とうめいか》に至るまで。極《きわ》めればいずれも〝最強〟と呼ぶに足る異能の数々だ。

だが結局のところ、それらはすべて〝ある前提〟の上に成り立っているに過ぎない。それこそが『時間の流れる世界では』という条件だ。そしてその大前提たる『時間』を自在に停止させる力こそが《AΩ《ラグナレク》》。威力も、速度も、予知も、奇襲《きしゅう》も、止まった世界においては何の意味もなさない。もはや戦いのルールそのものを捻《ね》じ曲げる究極の異能力《チート》——それこそが時間停止なのだ。

無論、千億もの命を対価とするこの術は、勇樹にとって正真正銘《しょうしんしょうめい》最後の奥の手。まさか落伍勇者相手に使わされることになるとは。

だが後悔《こうかい》はしていない。それだけの相手だったのだ。あのまま戦っていれば、被害《ひがい》はもっと甚大《じんだい》だっただろう。とにかく、これで今度こそ——

「——終わり、か？」

「……は……？」

すべてが停止した世界にて、木霊《こだま》する一筋の声。

思わず顔を上げた先、その少年は相変わらず静かに佇《たたず》んでいた。

「な、なんで……？」

勇樹の頭に湧《わ》き上がる無数の疑問符《ぎもんふ》。――世界ごと時間を止めているのだぞ？　強いとか、速いとか、もはやそういう次元の話ではない。術者以外が停止空間で動けるなんてことは原理的に有り得ないのだ。反撃も、抵抗も、認識することすら許さない最強の魔法……それが時間停止ではなかったのか？

そんな動揺を見透《みす》かしたかのように、恭弥はそっと肩《かた》を竦《すく》めた。

「別に、難しい話じゃないだろ。事前に対抗呪文《たいこうじゅもん》を仕込んどくだけだ。普通だろ？」

「事前に仕込むだと……?!　ははっ、バカな！　お前は常に対時間停止魔術を纏《まと》ってるとでも言うのか⁉」

発動された瞬間に時が止まる時間停止魔法……ならば、発動される前から防御呪文《ぼうぎょじゅもん》を使っておけばいい。確かに理屈《りくつ》の上ではその通り。だが、それは決して実現不可能な机上《きじょう》論に過ぎない。なぜなら、あまりにもコストがかかりすぎるからだ。

一口に対抗魔術《たいこうまじゅつ》などと言っても、究極の異能たる時間停止を防ぐためには自分だけの時間軸《じく》を生成する必要がある。要は、世界の法則を丸ごと一つ創造するのだ。時間停止魔法そのものと同レベルの魔力を消費することになるのは言うまでもない。

そんな対抗魔術を常時展開し続けるだと？　そんなことできる者がいるとしたら、それはこの世界樹を創造した神様ぐらいなもの。あまりにも馬鹿《ばか》げている。

だが、返って来た答えはまさかの肯定《こうてい》だった。

「いや、当たり前だろ、そんなの。……っていうか、みんなはそうじゃないのか？」

「……っ?!」

もはや返すべき言葉が見つからず、ぱくぱくと口を開閉させる勇樹。神にしかできぬ所業が〝当たり前〟だと思っていること、それが何より恐ろしかったのだ。まるで、時間停止を使う敵となど戦い慣れているかのように――

「お前、一体どこの世界にいたんだ……?!」

「さあな、どうせ言っても信じないさ」

と、恭弥はどうでもよさそうに答える。どちらにせよそれは、この戦いに関係ないことなのだから。

「もう終わりなら……次はこっちの番だな」

そう言いながら、恭弥が一歩前に進み出る。瞬間、反射的に後退する勇樹。だが己の怯《おび》えを自覚するや、唇《くちびる》を噛《か》んで吠えた。

「や、やれるもんならやってみな！　俺にはまだ一兆の残機《ストック》がある！」

先ほどの台詞《せりふ》が本当なのかハッタリなのかはわからない。だが、事実として時間停止魔法さえ防いだのは確かだ。殊《こと》、防衛能力において恭弥の強さは認めざるを得ない。……だが、守りに関してなら勇樹とて負けるつもりはなかった。なにせ彼には一兆の残機があるのだ。蘇生《そせい》という圧倒的なアドバンテージを盾に、一度退いて態勢を立て直す。そしてさらにストックと固有能力を集めた後、必ずやもう一度再戦を――

と、思考を巡《めぐ》らせていたその時、恭弥の口から困惑《こんわく》したような呟きが漏《も》れた。

「え……いいのか……？　たった一兆で……？」

そうして恭弥の手が腰《こし》の剣へ伸びる。それは柄《つか》にも鞘《さや》にもこれといった装飾《そうしょく》のない、ひどく地味な剣。ずっと携《たずさ》えてはいたが、これまでの戦闘では頑《かたく》なに使おうとしなかった得物だ。

だというのに、なぜ今更《いまさら》になって武器を？　勇樹が微《かす》かな疑念を抱《いだ》く間に、恭弥の手がその柄を掴んだ。

――刹那《せつな》、剣から禍々《まがまが》しい邪気《じゃき》が噴《ふ》き出して……勇樹の呼吸が止まった。

息ができない。体が動かない。魔力の欠片《かけら》さえ生成できない。これは何かの魔法か、それとも固有異能か……戦慄《せんりつ》する勇樹は、しかし、すぐに理解した。

そう、それは蛇に睨まれた蛙《かえる》と同じ。剣から噴き出すおびただしい量の邪気を前にして、勇樹の本能が竦み上がってしまったのだ。

「まあ、それだけしかないなら……抜く必要もないか」

鞘に納めたままの剣を、恭弥は無造作に握《にぎ》る。剣が放つ邪気は魔王さえ歯牙《しが》にもかけぬ勇樹を竦み上がらせるほどのもの。もはや狂気《きょうき》と呼んでも過言ではない。触れただけであらゆる生物が発狂《はっきょう》するはず。だというのに、恭弥はまるで棒切れでも握っているかのように涼《すず》しい顔をしている。

そして恭弥は表情一つ変えぬまま、軽く剣を振《ふ》り上げた。

「喰っていいぞ――《災いなす古き枝《ラーヴァンクィン》》」

木霊する剣の真名。振り下ろされる刃。

刹那、世界が真っ黒にブラックアウトする。否、消えたのは視覚だけじゃない。耳も聞こえないし鼻も利《き》かない。何一つ感じないのだ。五感を狂《くる》わされた？　それが剣の権能？　いや、そうじゃない。光が、音が、匂《にお》いが、熱が、ありとあらゆるすべての物質と現象が、世界から丸ごと〝食いちぎられた〟のだ。

そしてそれに気づいた次の瞬間、勇樹の全身を恐ろしい衝撃が襲って――

「――あ、あれ……？」

気づいた時、勇樹は地面に倒れていた。視覚も聴覚《ちょうかく》も元通り。まるで何事もなかったか

のように世界は平静を取り戻《もど》している。

もしや、今のはただの幻覚《げんかく》か？　とさえ考えてしまったその時、勇樹はハッと気づいた。ない。残機がどこにもない。一兆を超えていたはずの命のストックがゼロになっているのだ。

「う、嘘《うそ》、だよな……？」

勇樹は呆然《ぼうぜん》と呟く。こんなことは信じられない。何かの間違いだ。だってそうだろう？ほんの一振《ひとふ》り……たったそれだけで、一兆回も殺されたとでもいうのか？

「どうだ、だいぶすっきりしたんじゃないか？」

動揺する勇樹に向かって、ゆっくりと歩み寄ってくる恭弥。その姿を見た途端、混乱した勇樹の頭に〝死〟という一文字がよぎる。――刹那、彼の全身を言いようのない震《ふる》えが襲った。

死ぬ？　この俺が？　それは《群れなす強欲《セプテム・グラ》》を得てから久しく感じていなかった〝恐怖〟という感情。心臓はばくばくと暴れ出し、冷《ひ》や汗《あせ》が止まらない。

怖《こわ》い。嫌《いや》だ。死にたくない――気づけば、勇樹は震える唇で叫んでいた。

「く、く、くるなあっ‼」

それは何とも幼稚《ようち》で無様な叫《さけ》び声《ごえ》。だが今の勇樹になりふり構っている余裕はない。よろよろと後ろへ下がろうとするも、竦んだ足がもつれて転んでしまう。早く逃《に》げなければ、と焦《あせ》る頭とは裏腹に、腰が抜けて立ち上がることすらできない。もはや完全なパニック状態。勇樹はひぃひぃと泣き声を漏らしながら四《よ》つん這《ば》いで地面を這う。

「だからこっちくんなって!!　ほんとに、もう、ないからっ!!　なくなっちゃったからっ！　死んじゃうからっ!!」

と喚くも、恭弥は何も言わずゆっくりと近づいてくるばかり。そうして気づけば背後には岩塊《がんかい》が。逃げ場を失った勇樹は、地面に落ちていた木の棒を掴んでぶんぶんと振り回す。もはや技術も戦術もあったものではない。まるでだだをこねる五歳児《さい》。泣きべそをかきながら喚き散らすその醜態《しゅうたい》を見れば、誰も彼が勇者などとは思わないだろう。

そして恐怖におののく勇樹の胸中では、一周回って怒りがこみあげていた。

「ふ、ふざっけんなよ……なんだよその力ぁ……！　ズルだろそんなん……！　卑怯《ひきょう》だろ……！　俺がどれだけ頑張《がんば》ってきたと思ってんだよ……！」

そう、そうだ。俺は一生懸命《いっしょうけんめい》努力した。周到《しゅうとう》に生徒たちの能力を調べ上げ、効果的なスキルの組み合わせを考え、バレない裏切り方を画策し、慎重《しんちょう》に慎重に立ち回って来た。ここまで固有異能を集めるのにどれだけの努力が必要だったと思っているのか？　だというのにこいつは、こんなにも簡単に、こんなにもあっけなく、その努力をぶち壊《こわ》した。そんなの理不尽《りふじん》ではないか。

そんな惨《みじ》めな慟哭《どうこく》を聞いて、恭弥は不意に立ち止まった。

「……頑張った？　なんのために？」

「はあ？　なんのためにだと⁈」

当たり前のことを問われて、勇樹の頭にますます血が上る。

「んなもん決まってんだろ！　最強になってすべてを手に入れるためだ！」

「すべて？　すべてってなんだ？」

「だから、んなもん全部さ！」

そう言って勇樹は声を張り上げた。

「強くなりゃ地位が手に入る！　どんな王族もひれ伏す地位だ！」

「それだけか？」

「強くなりゃ女にもてる！　欲しい女はすべて俺のものだ！」

「それだけか？」

「強くなりゃいい暮らしができる！　誰もが羨《うらや》む夢の暮らしだ！」

「それだけか？」

恭弥から返ってくるのは同じ問いかけばかり。

『くだらない』とでも言いたいのか？　勇樹は苛々《いらいら》と頭を振る。ちやほやされたい。異性にもてたい。たくさんお金を稼《かせ》ぎたい。その何がおかしい？　結局世の中の最終目標なんてそれに尽きるだろ？　だって、あいつらだってそうやっていたじゃないか――！

「説教でも垂れるつもりか、くだらねえ！　最初に仕掛けてきたのは学園の奴《やつ》らだ！　俺は奪われたものを奪い返してるだけさ！　それのどこが悪いってんだよ?!」

かつて召喚《しょうかん》された異世界にて、学園の討伐《とうばつ》部隊は唐突《とうとつ》にやって来た。そいつらは圧倒的な力を振るって勇樹が苦戦していた魔王をあっさり倒してしまった。もちろん、誰もが大喜びをした。『真の勇者様バンザイ！』と。……その日から、勇樹が勇者と呼ばれることはなくなった。

妬《ねた》みか、僻《ひが》みか、逆恨《さかうら》みか……なんとでも言えばいい。だってその通りなのだから。学園の勇者たちはすべてを奪って行った。名誉《めいよ》、栄光、感謝、賞賛、そして……自尊心。本当は勇樹が手に入れるはずだったものを、すべて。

だから今度は同じことをしてやった。そのどこに責められる咎《とが》がある？

「そうさ、悪いのは全部あいつらだ！　最初から俺にすべてを捧《ささ》げてりゃ、こんなことにはならなかったんだよ！　モブのくせにでしゃばりやがって、自業自得《じごうじとく》だろうが！」

そうだ、他人なんてのはすべてモブキャラ。単なる引き立て役にすぎない。だったらおとなしく俺をちやほやしていればそれでいい。事実、学園の奴らが来るまではそうやって上手《うま》く回っていたじゃないか。

召喚されたばかりの頃《ころ》……異世界の住人たちは実にちょろかった。ただのガキだった俺に期待のまなざしを向け、みんなで俺をサポートし、雑魚《ざこ》い魔物を狩《か》った日には、涙《なみだ》まで流して感謝してきたものだ。

なんて馬鹿な奴らだろうか。俺はそう思っていた。何をやっても肯定してくれる、まるで俺のためだけに用意されたモブキャラのようで、本当に気分が良かった。

臆病《おくびょう》で弱虫な俺を、それでも応援《おうえん》してくれた。

現実では何の取り得もなかった俺が、世界を救うと本気で信じてくれた。

何の目標も、何の夢もなく、ただ大人に言われるがまま日々を浪費《ろうひ》してきた俺なんかを、〝勇者〟と呼んでくれた。

だから思ったのだ。強くなって、もっと強くなって、もっともっともっと強くなって、それで──いつか俺が、俺の手で、こいつらを救ってやらなきゃ、って。

だってそうじゃなきゃ……最初から剣なんて握っていないのだから。

「……ああ、そっか……」

勇樹の唇から小さな声が漏れる。

いつの間にか震えは止まっていた。

「……僕《ぼく》は……誰《だれ》かの役に立ちたかったんだっけ……」

零《こぼ》れ落ちる呟き。それと同時に、必死で握りしめていたはずの棒切れが、静かに地面に落ちたのだった。

「ははは……ここまで、か。お前の勝ちだよ、九条恭弥」

とうとうあがくのをやめ、そっと目を閉じる勇樹。疲《つか》れ切ったその顔には、しかし、ほんの僅《わず》かに安堵《あんど》したような色が浮かんでいる。

そしてそれを見下ろす恭弥は……なぜかそのまま踵《きびす》を返した。

「え……？　お、おい、待てよ！　黒幕は僕だぞ！　とどめを刺《さ》せよ！　それが勇者の使命だろ!?」

黒幕である自分を討《う》てば大手柄《てがら》。学園のランクもきっと大幅《おおはば》に昇格《しょうかく》するはず。そのチャンスをなぜみすみす手放すのか？　いやそれ以前に、悪を討たずに放置するなんて勇者としてあるまじき行為《こうい》ではないか。勇樹は思わず引き止める。

だけど、振り返った恭弥は何とも面倒《めんどう》くさそうに笑うのだった。

「さあな。勇者の使命とか役目とか、俺にはわからねえよ」

「わ、わからないって……?!」

「だってそうだろ？　なんたって俺は勇者のなりそこない——ただの落伍勇者、だからさ」

そうして恭弥は振り返ることなく去っていく。

——こうして長い長い一夜は幕を閉じたのだった。

終章　始まる世界

「――さあじゃんじゃん飲んでくれ！　今日は店のおごりだ‼」

「――勇者様に乾杯《かんぱい》！　平和に乾杯！　我らがフレスガルドにかんぱ～い！」

「――ああ、これで明日から魔物に怯えなくて済む……！　こんな日が来るなんて……！」

グランベルの城下町に人々の明るい声が木霊する。

町は今、盛大なお祭りの真っ最中。それも、勇者の歓迎《かんげい》祭よりもずっと晴れやかな様子だ。なぜならこれは、魔族からの解放を祝うこの世界で最も喜ばしいお祭りなのだから。

そんな祝祭を楽しむべく、俺たちB班もまた城下町に繰り出していた。

「わあ～、すごい賑《にぎ》わってますね～！」

「わたあめですっ！　わたわたですっ！」

「金魚すくいとな……ふむ。じゅるり」

「お、お前ら、あんま羽目はずしすぎるなよ！」

「いいじゃないですか～、これで無事退学も回避《かいひ》できたんですし、お祝いですよ！」

「そうです！　ぶれーこー（？）、ですっ！　おーばんぶるまい（？）、ですっ！」

「勝利の栄光に酔《よ》いしれるまでがばとるじゃぞ、恭弥《きょうや》！」

「うっ、わかったよ……ただしお前ら、くれぐれもはぐれるんじゃないぞ。特に小毬《こまり》！

……………おい、聞いてんのか小毬？　お返事は？」

「こまり、もういないですよ」

「さっき向こうの方へ流されて行ったぞ。ほれ、もうあんなところに。おーおー、元気に手を振っておる。……あ、消えた」

「ば、バカな……!?　この短時間で迷子、だと……!?」

と、まあこんな具合にぶらぶら屋台を見て回る俺たち。念願のお祭りを体験できてご満《まん》悦《えつ》のララはもちろんのこと、フェリスも小毬もこの盛大な祝祭を思う存分楽しんでいる様子。……というかこいつら、フェリスが喋《しゃべ》れる事実にあっさりなじんでないか？　必死で隠《かく》していた俺の苦労とは一体……？

それにしても――

「なんだかこうしていると、昨日のことが嘘みたいですね」

「……ああ、そうだな」

──あの戦闘の後、勇樹《ゆうき》は自ら《スキルイーター》を解除した。A班は全員が無事に目覚め、異空間に幽閉《ゆうへい》されていたフレイフェシア様も戻って来た。そして勇樹本人はといえば、目覚めたA班の下《もと》へ自分から出頭したのだった。今は京極《きょうごく》たちに捕《と》らえられ、おとなしく学園への移送を待っている。

彼《かれ》が何を思って罪を認めたのかはわからない。唯一《ゆいいつ》わかることと言ったら、勇樹にはこの先、贖罪《しょくざい》という長い旅《クエスト》が待ち受けているということだけ。まあ、だからどうするって話でもないけど。それはあいつが選んだ、あいつだけの道なのだから。

と、そうこうしているうちに祭りも佳境《かきょう》。フィナーレを彩《いろど》る特大の魔法花火が空に咲《さ》く。それはこの世界の明るい未来を暗示しているようで……ああ、実に悪くない。そう、この祭りは一つの終わりなんかじゃない。新しい平和な世界の始まりなのだ。

そしてそれは同時に、俺たちの役目が終わったことを意味していた。

「──おい、B班。時間だ」

祭りの喧噪《けんそう》を縫《ぬ》って事務的な声が響《ひび》く。現れたのは相変わらずそっけない態度の京極だ。まあ、それも仕方のないこと。今回の真相について京極は何も知らない。勇樹は俺やフェリスのことを一切《いっさい》喋《しゃべ》らず、ただ己《おのれ》の罪だけを自白したらしい。あいつなりに俺たちのことを庇《かば》ってくれたのだろう。

だから京極は俺たちが事件を解決したという事実も知りはしない。よって『役にも立っていないくせに、のんきに祭りを楽しみやがって』という冷ややかな視線を浴びる羽目になっているのだが……それはまあ、正体がバレずに済んだ代償というやつか。

「フレイフェシア様がお待ちだ。早く来い」

と、京極は淡々《たんたん》と急《せ》かしてくる。無論、小毬たちは不服そうに唇を尖《とが》らせるが……

「はうぅ……もうちょっと遊びたいな〜……」

「ララ、まだ眠《ねむ》くないですっ！」

「にゃーん！（ケチケチするでない、小僧《こぞう》！）」

「……何か言ったか、貴様ら？」

「な、なんでもないですっ！　文句言っちゃ、めっ！　です！」

「こらきょうや！　なんとかせぬか！）」

「にゃーん！（これ恭弥、なんとかせぬか！）」

「ええ……俺に振るのかよ……」

かくして我らB班は、引率《いんそつ》の先生に連れられた幼稚園児《ようちえんじ》よろしく、渋々《しぶしぶ》ながら転移門《ゲート》へと戻る。

だがその道中、一つの影《かげ》が俺たちの前に立ちはだかった。

「――けっ、ようやくお邪魔虫《じやま》の退場かよ」

開口一番ぶつけられたのは、なんともぶしつけな台詞。……だがその声を聞いた瞬間《しゅんかん》、小毬はぱあっと表情を輝《かがや》かせた。

「あっ、アンリちゃん！　見送りに来てくれたんですねっ！」

そう、現れたのは真っ黒なフードを目深《まぶか》にかぶったアンリ。そういえば、初めて会った時もこんな格好をしていたっけ。今更顔を隠す必要もないだろうに。……なんて思っていたら、どうやら相応の理由があったらしい。

「あれれ？　アンリちゃん、どうしてフードなんかかぶってるんですか？　それじゃお顔が見えないですよ？」

「……べ、別に、見えなくたっていいだろ」

「えー！　やですよー！　お顔見たいですー！」

「だ、だから、その必要は……」

「む～……猫《ねこ》ちゃん、ゴー!!」

「にゃーん！（従順）」

「わっ、ちょ、おまっ……！」

と、フェリスによって無理矢理《むりやり》フードを剥《は》がされるアンリ。すると、その下から現れたのは……

「あ……ふふふ、アンリちゃん、おめめが真っ赤ですね？」

「べ、別に、そんなんじゃねーから！」

と口では強がるも、その瞳《ひとみ》はうるうると潤《うる》んでいる。今にも泣きだしてしまいそうだ。なるほど、そりゃ顔を隠したくもなるというものだ。

そんな健気《けなげ》なアンリを見て、小毬はにっこりと微笑《ほほえ》んだ。

「うふふ、アンリちゃんってばかわいいな〜！　泣いちゃうほど寂《さび》しく思ってくれるんですか？」

「なっ、べ、別に寂しくねえし！　ってか泣いてねえしっ！　お前らなんかさっさと行っちまえばいいんだっ！」

と真っ赤な顔で叫ぶアンリ。まだ子供とはいえ、プライドやら体面やら色々あるのだろう。……だがその後で、アンリは改まって呟《つぶや》いた。

「……なあ、その……ありがとな。オレの大切な世界を救ってくれて。全部お前らのお陰《かげ》だよ」

幼いとはいえ、彼女《かのじょ》は現地勇者だ。いつか俺たちに語ってくれたように、〝自分の手で世界を救いたかった〟という想《おも》いは当然あるはず。だがそれでも、アンリが口にした感謝は紛《まぎ》れもなく本心だった。それほどまでに彼女はこの世界を愛しているのだろう。

だから、小毬もまたにっこりと微笑むのだった。

「私たちだけじゃないでしょ？　アンリちゃんが助けてくれたから、ですよ。あの時駆《か》けつけてくれたこと……私、ずっと忘れませんから！」

「へへ……そうだな」

と、二人してしんみりムードになる小毬とアンリ。状況《じょうきょう》がわかっているのかは定かでないが、ララも釣《つ》られて鼻をぐすぐすやっている。……が、それをぶち壊すかのように、フェリスの笑い声が響いた。

「くっくっく……もうすべてが終わった気でいるとは。まだまだ青いのぅ」

「むっ、なんだよ猫公！　文句あんのかよ！」

「心せよ小娘《こむすめ》。魔族という敵対者を失った世界は、そう容易《たやす》く平穏《へいおん》になるわけではないぞ。ともすれば……人と人とが殺し合う未来が待っているじゃろう」

と、フェリスは脅《おど》すように警告する。そしてそれは事実だ。……俺たちの世界がそうであるように。

だがその忠告を聞いたアンリは、それでもなお真《ま》っ直《す》ぐに前を見ていた。

「ああ、わかってるさ。だけど……それでも大丈夫《だいじょうぶ》だ。だって、オレが守るからな。今度こそ、この手で」

少女の瞳に宿るのは、紛れもない覚悟《かくご》の色。……やはり勇者と呼ばれる少女は肝《きも》が据《す》わっているようだ。彼女が守るこの世界なら、きっとこれから先も大丈夫だろう。

「ふふふ、頑張ってくださいね、アンリちゃん！」

「へっ、てめえもほどほどに頑張れよ」

「もちろん！　次に会う時は、きっと恭弥さんより強くなってますから！」

「え、俺？」

「はいっ！　だからたくさん教えてくださいね！」

倒《たお》そうとしている相手に教えを乞《こ》う奴があるか、とツッコミかけた俺は思いとどまる。特大ブーメランが返ってきそうだからな。

「まあいいや。ともかく……そろそろ行こうぜ」

俺はそう言ってみんなを促《うなが》す。結局俺たちはどこまでいっても異物。早々に立ち去るのがこの世界のためだ。別れは惜《お》しいが……この寂寞《せきばく》もまた、異世界勇者が背負うべき業なのだろう。

そうして俺たちは一人ずつ、学園へと続く転移門《ゲート》へと入っていく。

最初にA班の面々が、それから女神《めがみ》フレイフェシアが、そして次にララと小毬が。順番に学園へと帰還《きかん》する。そうして残るは俺とフェリスだけになった時……俺はふと足を止めた。

「なあ、どうするフェリス？　今ならきっと逃げられるぜ？」

眼前にあるのは女神が創《つく》りし転移門《ゲート》。この術式を改変すれば、どんな世界へでも飛べる。もしもフェリスがあの学園へ戻りたくないというのなら、俺は今すぐにでも従うつもりだった。

別の世界を支配したいのならそうする。放浪《ほうろう》の旅がしたいならついて行く。自分を封印《ふういん》した女神たちに復讐《ふくしゅう》したいと言うのなら、俺は喜んで手を貸そう。

フェリスを幸せにする、それが俺にとっての終着点《クリア条件》なのだから。

だけど……フェリスはくすくすと笑うのだった。

「何を言うか、このわしは魔王の中の魔王。廃棄魔王《ロスト・ノワール》じゃぞ？　勇者が集う学園があるのなら、馳《は》せて参じるが王道よ。むしろ支配しがいがあるというものじゃ。そうであろう、恭弥？」

にんまりとフェリスの瞳が瞬《またた》く。この俺に学園を征服《せいふく》しろとでも？　単なる冗談《じょうだん》か、はたまた本気なのか、こいつのおふざけはいつだって恐ろしい。

だがその要求がなんであれ、俺の答えは一つだった。

「はいはい、おおせのままに、魔王様」

勇者だらけの学園に入学してしまった廃棄魔王とその弟子《でし》。

この奇妙《きみよう》な冒険《ぼうけん》の先がどこへ続いているのか、きっと神様にもわからない。だがそれでも、俺はフェリスと共に歩もう。立ちはだかる障害があるのなら、すべてをこの手で壊して。

そうして俺たちは、非日常的な日常へと還《かえ》るのだった。

※※※※※

規則正しく並び立つ石柱。

磨《みが》き上げられた大理石の床《ゆか》。

鏡の如《ごと》き壁面《へきめん》には荘厳《そうごん》なレリーフが。

その場所はこの世のものとは思えぬほどに美しい宮殿《きゆうでん》だった。いや、事実そこは現実世界とは隔絶《かくぜつ》された異空間——女神の在所である。

そんな天上の館《やかた》に、女神フレイフェシアはいた。……ただし、その麗《うるわ》しき相貌《そうぼう》を恐怖に引きつらせて。

「——失態だったな、フェシア。飼い犬に手を噛まれるとは」

跪《ひざまず》くフレイフェシアの頭上から、冷たい叱責《しっせき》の声が降りかかる。びくりと身を竦ませたフレイフェシアは、恐《おそ》る恐る顔をあげた。

「も、申し訳ございません……アグニカ様」

燃えるような紅《あか》い髪《かみ》に、ルビーの如き双眸《そうぼう》、しなやかによく鍛《きた》えられた体躯《たいく》——眼前の御座《ぎょざ》に着くその女神は、優美でありながら獰猛《どうもう》な獅子《しし》を思わす威容《いよう》を纏っている。

そんな圧におされてか、フレイフェシアはついいらぬ弁を重ねてしまった。

「で、ですが、新堂《しんどう》勇樹はライラ姉様の……い、いえ、ライラの召喚した勇者でして、私もスキルの全容を把握《はあく》していたわけではなく……」

と必死で弁明するフレイフェシアだが、返って来たのは無慈悲《むじひ》な叱責だった。

「釈明《しゃくめい》など聞いていない。我々の役目は世界樹の守護。無辜《むこ》の果実はそのための剣《けん》だ。その道具に謀反《むほん》を起こされるなど言語道断。悪《あ》しき前例を作り我々に弓ひく勇者が増えでもしたらどうする?」

「は、はいっ……も、申し訳ございません……!」

女神アグニカは軽率《けいそつ》な言い訳が通用する相手ではない。フレイフェシアは震えながら平伏《へいふく》するばかり。

だがその時、思わぬ横槍《よこやり》が入った。

「――まーまー、そんなに怒んなくってもいいじゃん。僕らは所詮《しょせん》か弱い女神、勇者くんたちがその気になったらスライム同然なんだし、しょうがないって。それにさ……僕らだってわからないでもないでしょ？　飼い主を噛む犬の気持ち」

いつからそこにいたのだろうか？　アグニカの背後から現れる一人の女神。外見としては十五、六。携帯《けいたい》ゲームに興じながら鼻歌を口ずさむそのふるまいは、明らかにこの神殿《しんでん》にそぐわぬもの。……だが、フレイフェシアの目にはそんな無作法など映りもしなかった。

ああ、なんと美しいのだろう――フレイフェシアの心は一瞬《いっしゅん》にして奪《うば》われる。

銀紗《ぎんさ》に艶《つや》めく髪、雪白に華《はな》やぐ肌《はだ》、桜の花弁の如き唇に、星をまぶしたように煌《きら》めく碧《あお》の瞳……いいや、そうじゃない。目鼻立ちの一つ一つを挙げ連ねたところで、彼女の輝きの千分の一だって言い表せはしない。彼女の美しさはそんな次元ではないのだ。そう、それはまるで世界のすべてから祝福を受けたかのような……そうでなくては有り得ない可憐《かれん》さ。彼女という存在そのものが圧倒的《あっとうてき》な輝きを放っている。ただその姿を見ているだけで全身が恍惚感《こうこつかん》に支配されるほど。同じ女神であるはずのフレイフェシアさえ虜《とりこ》にするその美貌《びぼう》は、もはや呪縛《じゅばく》の類《たぐい》に近しいとさえ思えた。

「ふん、お前は規律を軽《かろ》んじすぎるのだ——ローゼ」

「えへへ、それほどでも～」

〝ローゼ〟と呼ばれたその眩《まばゆ》い女神は、アグニカを前にしてなおへらへら笑うだけ。ゲームをやめるそぶりもない。女神さえ脅かす威容など微塵《みじん》も感じていないらしい。

その態度を見て、アグニカは毒気を抜《ぬ》かれたように嘆息《たんそく》する。

「まあよい。ローゼに免《めん》じて今回だけは不問に処そう」

「か、感謝いたします、アグニカ様……！」

「何より……貴様の弁にも一つ理《り》があることだしな」

と意味深に呟いたアグニカは、ぎろりとローゼへ視線を向けた。

「一体いつまで旧世代の犬を野放しにしておくつもりだ？　今期も何人か入って来ていただろう？　中立派の名残《なごり》ならばまだよいが、仮に反対派の走狗《そうく》であれば新秩序の支障になりかねん。朽《く》ちた枝は早々に払《はら》うべきだ、違《ちが》うか？」

問いかける形ではあっても、その語調はフレイフェシアへ詰問《きつもん》していた時よりもなお鋭《するど》い。……が、それに対する返答はひどくぞんざいであった。

「あ、その話？　ん～、なんだろう、別によくない？　このままで。困ったらその時になんとかすればいいじゃん」

と、あっさり笑い飛ばしたローゼは、「それに……」と言葉を接《つ》いだ。

「どれだけ手駒《てごま》を送り込まれたって、どうせ彼女たちは何もしやしないよ。……そうさ、あいつらはただ見ているだけ。昔からずっとそうだったみたいにね」

そう呟くローゼの声音《こわね》に、ほんの微かな影が滲《にじ》む。だが、それはすぐに美しい笑顔《えがお》の裏に隠れてしまった。

「だいたいさー、今はそーゆーめんどうなこと考えたくないんだよね～。ほら、もうすぐ〝お祭り〟だし！」

「祭り……？　何の話だ？」

「あれれ、知らない？　そっかー、アグニはこーゆーのさっぱりだもんね～。フェシア君ならわかるでしょ？」

「え……？」

急に話を振られたフレイフェシアは、口ごもりながらも答えた。

「は、〝班別統合擬戦《ぎせん》演習〟……のことでしょうか？」

「そうそうそれそれ！　さっすがフェシアくん！」

と、ローゼは嬉《うれ》しそうに指を鳴らす。

「学年もランクも関係なし！　学園最強を競《きそ》う班別対抗《たいこう》トーナメント！　僕好きなんだ〜、こーゆーテンプレイベントってさ。ふふふ、楽しみだねぇ、誰のとこの勇者が一番強いのかなぁ？」

などと他人事《ひとごと》のように笑うローゼは、それからふと思いついたように目を輝かせた。

「あ、そうだ！　ねえねえフェシア、僕の勇者と君の勇者、どっちが強いか賭《か》けようよ！　そっちの方がきっと面白《おもしろ》いよ！」

「か、賭け、ですか……？」

唐突な提案に目を丸くしたフレイフェシアは、すぐさま首を振った。

「と、とんでもございません！　ろ、ローゼ様の班と競おうなど恐れ多《おお》いことを……！」

「なーんだ、つまんないの。……あ、じゃあさ、アグニはどう？　君のとこの勇者、ずいぶんと強いんだってねぇ？」

にんまり微笑むローゼの瞳に挑発的《ちょうはつてき》な色が浮《う》かぶ。

だが、アグニカは顔色一つ変えずに一蹴《いっしゅう》した。

「くだらんな」

「うわでた、絶対それ言うと思ってたし！　アグニはほんとそーゆーとこだよねー。もっと遊びも覚えなくっちゃ。……そうだ、なんなら僕のゲーム貸してあげよっか？　ほら！」

またしても思いつきでそう言ったローゼは、ぴょんとアグニカの膝《ひざ》に飛び乗る。そして先ほどからプレイ中のゲームを見せつける。画面の中で動くのはドット絵の勇者たち。よくある市販《しはん》のRPGらしい。……ただ、少し変だ。ごく普通《ふつう》の『たたかう』ボタンを押《お》すだけで、画面上には「999999」と有り得ない数値が踊《おど》る。どんな仰々《ぎょうぎょう》しいボスも一撃《いちげき》で退場していくのだ。

「へへへ、すごいでしょ、僕のパーティ！　チートツールで改造したんだ〜！　どんな敵も余裕《よゆう》でワンパンなんだよ！」

不自然な戦闘《せんとう》を進めながら、ローゼは自慢《じまん》げに笑う。

だがアグニカは眉《まゆ》を顰《ひそ》めた。

「よくわからんが……それで面白いのか？」

「え……？」

そう問われ一瞬きょとんとしたローゼは……それからけらけらと笑った。

「あはは、アグニってば変なこと聞くね〜！　そんなの――最っ高に楽しいに決まってんじゃん！」

ローゼが浮かべるのは相変わらず邪気のない笑顔。だがその奥《おく》で蠢《うごめ》く何かが、フレイフエシアの背筋を言いようもなく冷たくするのだった。

――と、ちょうどその時。

「――あっ、いたいたローゼお姉ちゃん！　んも～、勝手にいなくなっちゃだめだよぉ～」

「――探したぞ女神よ！　さあ行こう！　早く行こう‼　すぐに行こう‼!」

背後から聞こえた声に、フレイフェシアは思わず振り返る。

そこに立っていたのは愛らしい童顔の美少年と、やたらとたくましい筋骨隆々《りゅうりゅう》の青年。

どちらも間違《まちが》いなく人間だ。ここは女神しか立ち入れぬはずの神域、一体どうやって

……？　と眉根《まゆね》を顰めたフレイフェシアは、しかし、すぐに気づいた。眼前の二人にとっては神域の結界など何の障害にもならないことに。

裏戸《うらと》海璃《かいり》――討伐魔《とうばつま》王《おう》数：47体。学園十一位に座するSランク勇者であり、弱冠《じゃっかん》12歳という最年少でのSランク到達《とうたつ》者だ。

そしてその隣《となり》に立つ熱血青年は獅子《しし》尾《お》岳《がく》――同じくSランクの学園六位にして、討伐魔王数は102体。三桁《けた》の実績を持つ熟練の戦士である。

そう、並び立つ二人はどちらもこの学園に13人しか存在しないSランク勇者の一角。そしてこの二人がいるということは――

「――ローゼ、次。早く狩らせて」

二人の後方、静かに佇《たたず》む一人の少女。

身に纏《まと》った黒衣のせいでほとんど顔は見えないが、唯一露《ゆいいつあらわ》になっているその双眸には抜《ぬ》身《み》のナイフを思わせる眼光が湛《たた》えられている。ひとたびその眼に見据《みす》えられれば、人も、魔物《まもの》も、たとえ女神であっても、背筋の震えを禁じ得ないだろう。

姫羅崎雛《きらさきひな》――学園の一期生である彼女がこれまでに屠《ほふ》った魔王《まおう》の数、実に２８３体。討伐実績において比肩《ひけん》する者なき最上位だ。過去には単独でステージ：Ⅸを攻略《こうりゃく》したこともあるという。その彼女のランクは――学園第二位。彼女こそ間違いなく現代最強の女勇者なのである。

裏戸、獅子尾、そして姫羅崎……彼女たち三人を擁《よう》するＡ‐４班は、班員全員がＳランクに属する唯一の小隊であり、総合的な戦闘能力において校内最強と謳《うた》われる精鋭《せいえい》中の精鋭。近々開かれる『班別統合擬戦演習《学内トーナメント》』でも優勝候補筆頭と噂《うわさ》されている。そしてそんな彼女たちを率いるのは他でもない、学園を創設した五柱の女神の一人にして《まやかしと欺瞞《ぎまん》の女神》――ローゼ。

ゆえに、Ａ‐４班はこう呼ばれている――『ローゼン・シニル《ローゼンの子ら》』と。

「あっはは～、ごめんごめん。討伐って今日だっけ？　すっかり忘れてたよ～」

と笑いながら、ローゼは散歩でもするかのように小隊を引き連れていく。いや、事実それはただの散歩なのだろう。なにせ彼女の率いる勇者たちは学園最強。向かう先がどんなに恐ろしい異世界で、どれだけ強大な魔王がいようと、彼女のパーティにとっては経験値を稼ぐためのモブ敵でしかないのだから。

そうして最強の勇者たちを従える女神は、神すら霞《かす》ませるその笑顔で、どこまでも無邪気《むじゃき》に笑うのだった。

「あー、早くお祭り始まらないかなぁ！」


（おわり）

あとがき

はじめまして。紺野千昭と申します。

このたびは『最凶の魔王に鍛えられた勇者、異世界帰還者たちの学園で無双する』をお手に取っていただき誠にありがとうございます。心から御礼申し上げます。

さてあとがきですが、実を言うと私自身が『あとがきは基本読まない派』なので、こうして自分であとがきを書いていることに若干の矛盾を感じていたりします。

ただ、それでも折角いただいた直接言葉をお伝えできる機会ですので、この場をお借りして謝辞を述べさせていただきたいと思います。

・まずは本作をHJ小説大賞２０２０前期受賞作に選んでくださった選考員および編集部の皆様。このような素晴らしい賞をありがとうございます。このご恩に報いられるよう精一杯頑張りたいと思います。

また、担当のK様。諸々サポートありがとうございます。今後もご迷惑おかけするかと思いますが、どうぞ末永くよろしくお願いします。

それから素敵なイラストを担当してくださったｆａｍｅ様。担当さんからイラストの進捗いただくたびにワクワクしていました！　出版までの間で一番楽しい時間だった気がします。

そして最後に、何よりも読者の皆様へ。ラノベに限らずあらゆるコンテンツは受け取り手がいて初めて成立するものだと思っています。ですので、これを作品と呼べるとしたらそれは読者の皆様のお陰です。本当にありがとうございます。

以上、あとがきでお伝えしたかったことは全部書き切れました。……が、ページ数の都合によりまだ終われないので、突然ですが自分の好きだったソーシャルゲームがサービス終了する話をします。

このあとがきを書いているのが10月の頭で、サービス終了日が10月末なので、本作が出版される頃に丁度最後を迎えます。人並みにアプリゲームはやってきましたが、実はサービス終了に立ち会うのはこれが初めて。特段やり込んでいたというわけではないのですがなかなか寂しい気分になるものですね。とはいえ、このご時世に四年も継続した上に終了に際してシナリオ補完ノベルなど諸々出るようなので、打ち切りというよりは完結として喜ぶべきなのかなとは思います。

また、ＳＮＳなどでも終了を惜しむ声が上がっており、それらを眺めていると本当に愛されていたコンテンツなのだなと実感します。『ソシャゲはサービス終了したら何も残らないからやるだけ無駄』なんて批判を一昔前はよく耳にしましたが、こうやって思い出に残ればそれで十分なんじゃないかと思ったりします。なんにせよ、いつか自分も同じくらい愛される作品を作れたらと願うばかりです。

と、一応あとがきっぽく話をつなげたところで締めたいのですが、実はまだ規定行数に達していません。お察しの通り既に話すネタもなく、前述の通りあとがきは読まない派なので何を書けばいいかわからないという困窮具合です。

そもそも自分があとがき否定派なのは、学生の頃に受講した文学作品読解の講義のせいです。作品読解とか言っておきながら、出版当時の時代背景や作者自身の生い立ち、雑誌インタビュー等々、とにかく作者に関連するものは片っ端から調べさせられました。特に作品外で多弁な作家が研究対象の時は大変で、実際の作品を読むより周辺情報をかき集める作業の方に時間をとられた覚えがあります。「うきうきで雑誌インタビューなんか答えてんなよ」と八つ当たり気味に作家を恨んだりもしました。なのでもし自分が作家になることがあったら極力寡黙でいようと決意した次第です。……まあ大文豪にでもならない限り研究対象になることはないので杞憂も杞憂なのですが。

そう考えると未来の学生さんは大変そうだなと思います。後世の文豪のツイッターやらフェイスブックやらを延々遡る作業とかあるんでしょうね。『２０４１年７月９日、～氏はこのちょっとえっちな二次絵を誤ファボしており、これは氏の中に内在する鬱屈した衝動を示唆するものであって云々』なんて大真面目に書かされるのかと思うとご愁傷様です。

そうこうしているうちにめでたくページが埋まりました。あの不毛な作業もこのためだったと考えれば無駄じゃなかったなと。ですのでそろそろ締めたいと思いますが……最後に一つ。繰り返しになりますが、本作をお手に取ってくださった読者の皆様、本当にありがとうございます。長々と無駄話をしましたが、このあとがきでお伝えしたかったのはその一念のみです。一人きりで書き続けた期間が長かった分、誰かに読んでいただける喜びはとても大きいです。心からの謝意を以て締めの言葉とさせていただきます。

それでは、またどこかでお会いできましたら何卒よろしくお願いいたします。

紺野千昭

次巻予告
日本に再び帰還した恭弥達、
ララちゃん班に女神達の陰謀が
襲い掛かる——!!

物語が大きく動き出す待望の第2巻!!
最凶の魔王に鍛えられた勇者、
異世界帰還者たちの学園で無双する
2022年春、発売予定!!

HJ文庫 https://firecross.jp/
966

最凶の魔王に鍛えられた勇者、
異世界帰還者たちの学園で無双する 1
2021年11月1日 初版発行

著者――紺野千昭

発行者―松下大介
発行所―株式会社ホビージャパン

〒151-0053
東京都渋谷区代々木2-15-8
電話 03(5304)7604(編集)
03(5304)9112(営業)

印刷所――大日本印刷株式会社

装丁――小沼早苗(Gibbon)/株式会社エストール

ISBN978-4-7986-2639-0 C0193